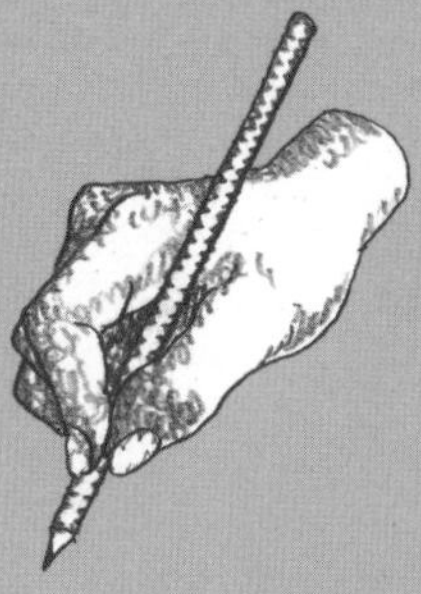

我以星辰書寫看不見的天空

關於自由與黑暗的讀書隨筆

王璞——著

推薦語

王璞很勤奮，讀了很多書，有很多領悟，寫了很多筆記。她做了很多「笨」工夫，但她的聰明才智就從此中得來。

我們為什麼喜歡讀文學書？因為我們對別人的生命好奇，並以此觀照自己的人生。不管如何，只要多讀書，之後寫不寫作都不重要，重要的是我們珍視生命。

——顏純鈎（作家、資深編輯）

王璞女士文筆明快，熱情洋溢，非常難得。讀某些年輕評論者的文章，故做冷靜，卻夾纏不清，其實是無自信、無觀點。這本讀得痛快，我樂於推薦！

——鴻鴻（詩人、評論人）

目錄

推薦序　星空書店的門把／羅青　7

第一部　文學放題

我們那年代的翻譯家　16
崇洋媚外：禁書時代搶著讀的書　20
右派父親為我們譯的書　26
多麗絲・萊辛：特別的貓　30
伍爾芙《普通讀者》　34
辛辣的反省：格拉斯《鐵皮鼓》　38
《暗星薩伐旅》：要不要留在你的國家？　42
暴政時代的精神貴族　44
阿赫瑪托娃如何走過黑暗時代　48
跟着布羅斯基遊聖彼得堡　52
普拉東諾夫：身處絕境也要寫作　56
我讀哈代：令人驚艷的雖敗猶榮　60
福克納與小說實驗　64
馬克吐溫：美國式幽默　66
索爾・貝婁：《太多值得思考的事情》　70
三位大師筆下的印度　72
《暮色將近》：臨老變身大作家　76
馬斯克、貝佐斯、朱克伯格都喜歡的作家　80
道格拉斯・亞當斯：啟示過馬斯克的作家　84
聶魯達的岐路　86
札加耶夫斯基〈去利沃夫〉　90

沒有國籍的詩人 94
拉美文學爆炸 98
我的寫作聖經：馬爾克斯《番石榴飄香的日子》 104
我喜歡的日本作家 108
我讀川端康成：純美世界與現實關懷 112
「生而為人，我很抱歉」 118
筒井康隆的一鳴驚人 122
村上春樹最感動我的一本書《棄貓》 126
米沃什：堅持發出自己的聲音 128
古爾納的天堂信息 132
作家沒有祖國 136
奧茲《愛與黑暗的故事》 138
野火燒不盡──讀聶紺弩《北荒草》 142
從前慢 146
梅娘竟然活了下來 152
羅青：不明飛行物來了 156
夢裡的翅膀 164

第二部 憶傳放題

別鬧了，費曼先生！ 168
托馬斯．曼：為自由放棄一切 178
奧威爾的噩夢 184
不惜一切代價買自由 188
倖存者的恥辱 192
中國的白俄難民 194
西伯利亞的囚徒 198
我以星辰書寫我志在天空 202
鮮卑利亞 206
再也回不到從前：薇拉回憶納博科夫 210
愛森斯坦之死 214
吉卜力的天才們 216
《失焦》：卡柏的戰地攝影回憶 220
此地居然形勝：上海淪陷時期的文化生活 224
聞道是西方寶樹曰婆娑 228

張恨水：《我把人生看透了》 232
朦朧大間諜 238
高粱地上的語言學家 246
年高德劭：周有光到沈從文 248
杭藝三劍客 252
我對這個世界沒甚麼可說的 258
動物童話 260
都有一本血淚賬：《費正清的中國回憶錄》 262
致命的「相遇」 270
永抱遺篇泣斷弦 272
拍案驚奇 278
助桀為虐 282
敏於學而就有道：齊白石 286
幸有梅郎識姓名 288
誰識風流高格調：奇女子柳如是 292
《長樂路》：以一條路說出中國當代社會的故事 296
張允和：《曲終人不散》 300
黃宗英的幹校回憶 304
田漢之死 308
《龔楚將軍回憶錄》 312

後記　讀書也是一種戀愛行為 316

星空書店的門把

——序王璞《我以星辰書寫看不見的天空》

羅青

〇

一間書店裡當然不只有一本書，而一本書裡絕對可以有一間書店。

一

近代以來，愛書人常愛以「海」喻書，想是從《辭源》（1915）、《辭海》（1936）引申而來，無非象徵古今中外圖書，廣闊無涯，幽深無底，取之不盡，讀之不竭，令人有望洋興嘆之感。

愛書讀書寫書的書迷、書廚、書癡，向前展望書海，不免有黑潮熱火情節，親潮冷峻懸疑之想，於是巨浪擎天成警句，浪花透雕為雋語，前呼後擁，接踵而來；回頭環顧陸地，遇見湖、泊、潭、澤，頓有公私大小圖書館之思，於是埤塘魚塘串聯水圳，有如全書大典附帶提要，分布田野四處，沁人心脾；接下來，方圓井水，好似單冊詩文，甘泉一杯，譬如小品妙論，濃酒半盅，直是小令絕句，也都是順理成章的聯翩浮想。

可是，聯想儘管可以美妙無比，現實往往人算不如天算。多年前，我在繁華熱鬧台北東區的一樓花園舊居，城市內最不可能淹水的地方，遇到天外飛來，意外雨災，雖然只傾盆了短短一夜，然濁流卻已及膝。頓時全家圖書相簿，遇水則發，發如泡水麵包，泡成附身糾纏我多年的夢魘。伴隨夢魘而來的災後之災，當然是書魚、銀魚、蠹魚、壁魚、衣魚，在桌燈無奈的照射下，為「書海」二字，投出又長又厚，既黏且稠的陰影，揮之、洗之、刷之、刮之，不去。無奈，只好轉向書叢、書林求救。

「書林」之喻，典出揚雄〈長楊賦〉：「今朝廷純仁，遵道顯義，並包書林，聖風雲靡；英華沈浮，洋溢八區，普天所覆，莫不沾濡；士有不談王道者，則樵夫笑之。」但見書林之表，有風雲變幻，枝葉上下，有英華開落，幹根之際，有名士樵夫，談笑問答，你往我來，愜意非常。正是，書林之中，每一棵樹，都是一本會生長的書；來往的人物，理當酷愛讀書著書，應該都是尊道顯義之人。

以林木喻書，真是再恰當也不過，因為書籍本為林木草葉所製，相互有骨肉父母子女之親，再加上聖賢名士，嘔心瀝血，於書頁間綻開奇花；才子狂士，披肝瀝膽，在章節裡累結碩果。凡夫俗子入林，但見瓊琚玉露滿眼，可以隨興摘食啜飲，並於咀嚼吸納之間，心胸意態，點滴潛移默化，氣息吐屬，渾然雍容自華。

有了「泡書」的夢魘，我現在的居所，樓高十七，透過芸窗寬敞的整片玻璃，穿過陽台花園的扶疏枝葉，可以看到海拔標高兩千一百公尺「拉拉山」的身影。「拉拉」，泰雅族語「大刀」之意，漢語「刀劍嶽」也，充滿了高不可攀的險峻聯想。然而實際攀爬，倒也平易近人，山林樹木，排列有如歡天喜地的啦啦隊，毫無殺伐之氣，反增開朗之心。

山上有五百到一千五百高齡的巨樹二十五株，幾乎全是台灣紅檜，主幹粗壯雄偉，枝葉茂密參天；其中五號神木，年輪高達二千五六百年以上，我私自封為《論語集註大全》。另外三株，壽長達一千五百年左右的，分別獻上別號曰：《文心雕龍》（劉勰 480-538）、《昭明文選》（蕭統 501-531）、《庾開府集》（庾信 513-581）。

大樹主幹皺皺難解如正文，因歷代讀者，不斷灌注閱讀體會的營養，樹圍逐漸粗壯增大；神木枝葉亮麗扶疏如註疏，因時代風氣，輕拂猛吹而自然不斷更新。如此以樹木花鳥草蟲，類比圖書文集的例子，自兩漢以降，俯拾即是，傳統深厚，花樣繁多，豈是一篇蕞爾小文，能夠盡數。就連《淵鑑類函》、《說郛》……等大部頭的弘篇巨製，也難以悉數概括。

然如此古色古香又包羅萬象的書林，到了二十、二十一世紀，也不得不對鋪天蓋地而來的電影、電視、電子書、有聲書、影音書，大幅讓步。如今，只要有筆電、手機、螢幕，就可通過人造衛星或星鏈計劃，從高速網路上，即時閱讀古今中外，或深或淺，或雅或俗，陽春白雪，各類圖書，無所不有。百年書海、千年書林，全都捲入此一無垠廣闊的網路星空，成為圖書星系。

郵輪、遊船、渡輪、竹筏，是帶領讀者遊覽書海波濤的書店；遊覽車、接駁車、狩獵車、電纜車，是引導讀者探索書林草原的書店；而遊覽圖書太空星系的書店，則非天文台、天文觀測站莫屬，也就是古代所謂的清台、靈台，還有那觀象之台。

書林、書海時代的導讀書店，歷來已有不少。如今圖書進入太空星鏈時代，導讀億萬銀河系的星空書店，更是迫切急需，刻不容緩。

二

王璞女士自幼酷愛讀書，在烈日灼身無書可讀的艱困環境中，在上下左右現實銅牆鐵壁的微小隙縫裡，狼虎巡行、窮搜猛追、幾番掘撬，無數掏挖，居然養成古今中外各類圖書，無所不讀的習慣。

在她的腳下手中，中外語文的渡輪、古今方法的纜車，及各式大小理論的天文望遠鏡，無所不備，充分發揮她得緣修練苦讀比較文學的長處。

她漫遊的腳印，採蜜的手紋，所到之處，巨眼、慧眼、毒眼隨之而至，老幹新枝之作，大鵬雛鳳之聲，無不從容擇要點選，閒閒吸取菁華，為讀者獻上花蜜一盤、一碗，或一碟。其用功之勤，使力之專，速度之快，直可上追知堂老人周啟明（1885-1967）。

她除了談龍談虎外，還愛談吃談喝，從耕耘自己的園地，到建立獨有的清靈台、天文觀象台，循序愉快完成，無不乾淨俐落。令集懶、散、漫於一身的我，為之嘆服。

尤其難能的是，她以作家之心，曲折體會各種文類，用意大度寬厚，對傑作歡喜讚嘆，於遺珠不吝讚美；又以學者之眼，針砭細評各式見解，尺度嚴謹細膩，正是猿臂之矢無虛發，魚目雖巧難混珠。

此外她又有俠女心腸，海上與遇毛賊海盜，肯定棒打不饒；書林與綠林無賴，絕對嚴懲不貸；至於對那縱放野火燒山，引起燎原大災的窮凶極惡，則口誅筆伐，萬箭齊發，虹吸江河，必澆之熄之而後快。

現在，她準備多年的星空書店，即將開張，堂皇星座，壯麗星雲，當然不能放過，一一盡收望遠鏡底；耀眼彗星、亮眼流星，於剎那即逝的瞬間，必然分秒抓拍，存檔為證。至於妖星、煞星、熒惑星，更是不能輕饒，管他擎羊星、陀羅星、火星、鈴星、地空星、地劫星，凡是惡曜，一概用筆帽，點點蓋之，扭轉滅之，或砥而瀝之（delete）。

至於她邀請讀者參加書店開幕式的請柬，名叫《我以星辰書寫看不見的天空》，其中收入六十四篇讀書隨筆，篇篇精工打造，有如六十四只銀光閃閃發亮的門把。

要知道，星空書店的大門，是任意門，忽隱忽現，好像無處可尋，又像就在身邊，或頭頂，或腳下，剛才好像迎面差錯而過，轉眼居然旋身忽再碰頭。沒有門鎖，也無須鑰匙，讀者只需打開請柬，握住其中任何一支門把，輕輕一按，順勢一推，就可以雙腳離地，橫著、豎著、顛倒著，飄移進去，悠遊神往，不想出來。

三

日前打開電郵，發現有附件自香港飛來，乃一份十多萬字的書稿，原來是名作家王璞，為新書邀請寫序的信函。我細看目錄內文，依次讀來，覺得篇篇都若有所感，不免技癢難耐，立刻回郵應允。

然而五六七八天後的大清早，一旦開機準備正式下筆，便感覺有重蹈梁啟超、蔣百里二人「車輪」覆輒的隱憂。（註）所幸出版社總編輯鄧小樺女士，不但早已耳聞我患有開口滔滔不絕的毛病，而且還預見我有士衡下筆不能自休的暗疾，急忙電郵追來申明，序文只消二三千字即可，並低調提醒，社方將大方支付稿酬。這才使我當下懸崖勒馬，以免字數失控，惹來貪財之譏。

然而如此天馬行空，東拉西扯，拼湊出來的兩千多字，只能當做「磨磚豈能成鏡」的文章殷鑑拋出，難以混充中西滿漢全席的開味小碟捧上。

註／1920年，天才軍事學家蔣百里（1882-1938）二十九歲遊歐歸來，欲出《歐洲文藝復興史》一書，敦請梁啟超（1873-1929）作序。任公一寫五萬多字，幾乎超過原書正文，只好另名《清代學術概論》，單獨出版，反過來邀請蔣百里寫序。

卷首題詞

我夢見自己
變成一隻鷹
在遼闊的藍天
翱翔。
醒來
我看著自己的雙手
深深留戀著
夢裡的翅膀。

——雷雯〈夢裡的翅膀〉

第一部——文學放題

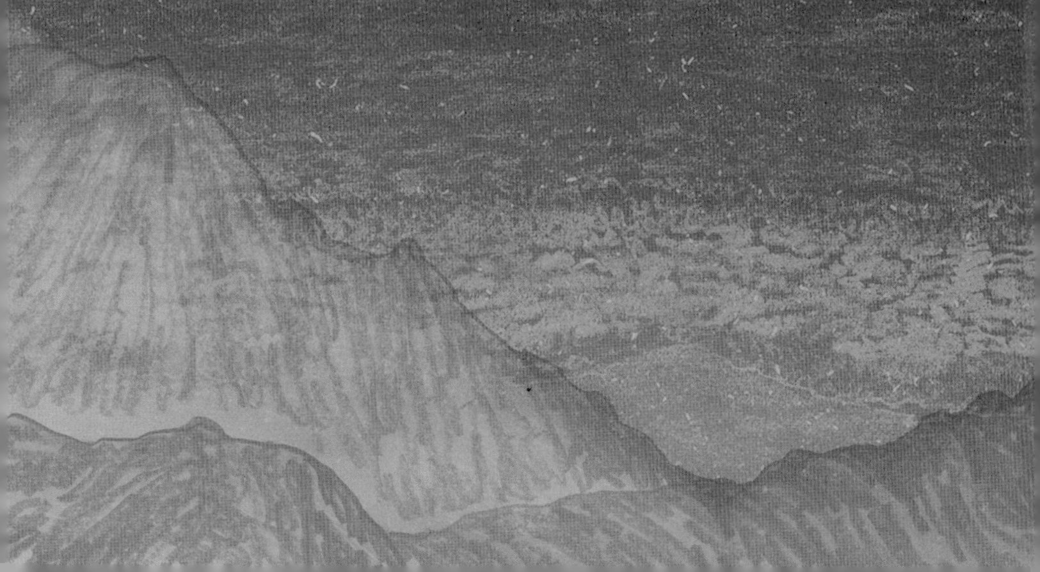

我們那年代的翻譯家

有人問過幾位老一輩翻譯家：「翻譯時外文和中文哪種能力更重要？」他們不約而同認為中文更重要，中文和外文的能力之比約為６：４，甚或７：３。

我深以為然。優秀翻譯家都精通本國語言，外語倒在其次。這方面最極端的例子是林紓（琴南），林是清末民初幾乎獨佔鰲頭的大翻譯家，譯介過一百多種世界名著，語種包括英、法、俄、意、日，甚至希臘和挪威，可他並不懂任何一種外語，都是人家幫他譯出粗坯，他再加工成成品。

或問：為何粗坯譯者不能自已一次到位呢？

很簡單，他們中文不行。

林紓時代還是文言文的時代，那是須有足夠訓練才能把握的貴族文體。林紓飽讀詩書，作得一手好古文，詩騷駢斌無所不能。所以能夠在文言文的譯壇獨領風騷。

後來白話文流行了，他就只好退位。因為只要能寫文通字順的白話文者，都可到譯壇一試身手，誰還願意給人打下手呀。

於是之後的年代譯作潮湧，但質素非常參差，既出了朱生豪《莎士比亞戲劇集》那樣的傳世之作，也出了不少次品。

值得注意的是，從上個世紀四十年代到六十年代「文革」前，中國出了不少翻譯大家。尤其是四九年以後，一些卓有成就的中年作家發現文學創作非常危險，紛紛轉陣到譯壇。巴金、查良錚、李健吾、錢鐘書……再加上原先就馳騁譯壇的各路精英：戈寶權、葉君健、汝龍、傅雷、麗尼……

那時候，我們被停課鬧革命，我們「老三屆」的外語基本上停留在會三呼「萬歲」的程度，認識外國文學都是通過翻譯。慘遭革命語言荼毒的中文不至於斯文徹底掃地，靠的就是那些翻譯家們給我們開出的那一條條羊腸小道——外國文學名著。它們對於中文的意義，不下於《約翰遜字典》（A Dictionary of English Language）對於英文的意義。當然，約翰遜是以一己之力完成那一偉業的，而這些翻譯家有數十人之眾。但若考慮到當時恐怖的政治環境，他們的努力更加難能可貴。

不信數數那些年代的翻譯家，無一倖免，全部都遭受到無產階級專政的擊打，那才真是「家家都有一本血淚賬」。像錢鍾書、楊絳那樣下放「五七幹校」勞改，已屬萬幸，中國知識精英們皆已被「打翻在地，再踏上一隻腳」，遭到殘酷批鬥，傅雷、查良錚、麗尼等人更被迫害至死。

然而他們的作品卻留存了下來。記得一九七六年「四人幫」覆滅，我最激動的時日不是誰誰誰又上台了，而是聽聞「新華書店明天開賣外國小說啦！」譯文出版社和外文出版社重印了一批文革前出版的外國文學名著。我們天天跑新華書店打探消息，排隊買書。這種隊伍比起買糧油大白菜的隊伍文明得多，大家都從地下狀態冒出來，愛書人見愛書人，雖不到兩眼淚汪汪的程度，卻有著風雨同舟的惺惺相惜。

大家聊著書，聊著那些在我們心目中是神一般存在的翻譯家們，聽聞他們有些人竟然倖存下來了，那雀躍！那激動！

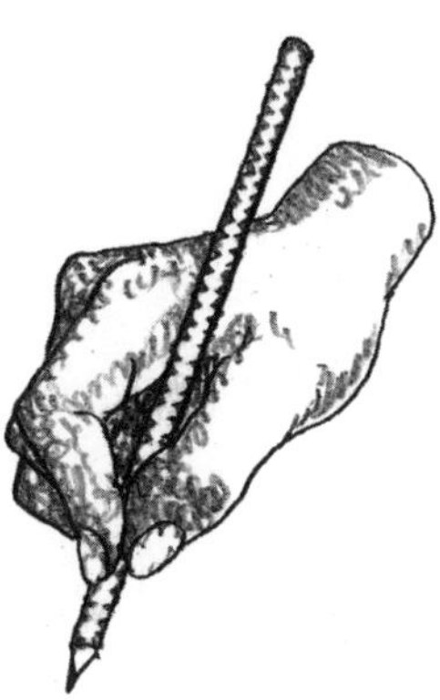

崇洋媚外：禁書時代搶著讀的書

生長於西印度群島的英國作家奈保爾（Sir Vidiadhar Surajprasad Naipaul，臺譯：奈波爾）在回憶他早年所受的文學教育時，老是提起毛姆（William Somerset Maugham）。毛姆也許不是頂級小說家，但卻是奈保爾心目中的一代宗師。少時他一開始讀小說，他那位文學發燒友父親就要他讀毛姆，說要讀就要讀一流小說，千萬不能讓三四流小說敗壞文學口味。奈保爾後來就把毛姆當標桿。讀小說時總要拿這根標桿比一比：比毛姆好還是差？這樣就能辨識下九流作品。

回想起我的讀書時代，雖然大多在無產階級文學、社會主義現實主義文學裡薰陶著，所幸我識字後讀的書，第一部便是納訓譯的《一千零一夜》，第二部是葉君健譯的《安徒生童話集》。他們就成了我的文學標桿，所以後來雖被革命文學不斷浸淫，可是因為心中早有那根標桿在，便有意識地找中外經典來讀，文學口味才未被徹底敗壞。

文革時，大小圖書館統統被封，中外經典都成了封資修毒藥，我們只能天天讀「紅寶書」和兩報一刊（人民日報、解放軍報、紅旗雜誌）社論。只好通過各種途徑找書看。一天晚上，我正百無聊賴著，好友建平興衝衝跑來報告一個好消息：校圖書館被人挖了個洞，可以進去偷書。

於是趕緊拿個大口袋和手電筒就跑。果不期然，圖書館後牆有個洞，正好可以鑽進一個人。鑽進去往裡一看，嘩，一片狼藉，書都從書架上給掀翻在地，堆得足有一尺高，我們真的置身於書籍的海洋裡了。太好了！太好了！可是，從哪裡下手呢。

我當機立斷：「撿外國小說拿！」

還好之前已讀過了不少外國小說，知道了莎士比亞、狄更斯、巴爾札克、托爾斯泰等作家大名。當此時間倉促、力氣有限的非常時刻，總算知道該拿甚麼書。

那天夜裡，我們各自揹了滿滿一麻布袋書回家。記得我偷到的書裡有《戰爭與和平》（一、三部）、《悲慘世界》、《遠大前程》、以及《約翰．克利斯朵夫》和《苔絲》。那時尚不知羅曼．羅蘭（Romain Rolland）和哈代[1]（Thomas Hardy）的大名，之所以撿了後面這兩部書是因其書名。崇洋媚外呀！

這些書讓我頓變大富豪。在此之前我只有一本戈寶權主編《普希金文集》、一本《魯迅詩文選》和一本《革命烈士詩鈔》。現在財大氣粗啦，在書友中身價立漲，交換起書來底氣十足。那時我們的換書「黑市」跟任何市場一樣，也有約定俗成的交易規則。其中最重要的

1／原文網址：哈代：還鄉，英國小說家中最偉大的悲劇大師——香港 01 https://www.hk01.com/article/480796?utmsource=01articlecopy&utm_medium=referral

左｜卡爾．馬克思（Karl Marx, 1818 - 1883），德國哲學家

右｜弗里德里希．恩格斯（Friedrich Engels, 1820 - 1895），德國哲學家

有兩條：

一，以量而論，書的厚度要大致相等，一本厚書可換兩至三本薄書。

二，以質而論，一本外國名著可換兩本或多本中國現當代小說。例如一本《巴黎聖母院》可換一本《紅日》加一本《紅旗譜》。一本《苔絲》可換《三家巷》一、二、三部全套。一本《基督山恩仇記》，對方竟要我用四本中國小說換，還只許我看兩天，而對方可以把我的書看七八天。這明顯是不平等條約。但我也只好接受。沒辦法，《基督山恩仇記》超級緊俏。

兀自苦笑搖頭，唉，「崇洋媚外」不僅沒被批倒批臭，反而發揚光大了。

說到崇洋媚外，還有件事或許也可說道說道。

我們那時候，只要來自外國的東西都屬「洋」，美國是「美帝」，蘇聯是「蘇修」，其他第一第二世界的國家都是美帝走狗，而東歐國家除阿爾巴尼亞外，都是蘇修走狗，統統都要打倒。馬列主義來自德國和蘇俄，當然也算洋貨。紅衛兵抄家時連馬列書籍也一起橫掃。有一次我拿本俄文版《毛主席語錄》在公交車上看，也差點被一幫戴紅袖章的傢伙沒收。說我「放著中文紅寶書不看，看洋文的，居心何在！」

於是出現這一咄咄怪事：在這宣稱自己信奉的是馬克思列寧主義的國家，馬列書幾近絕跡。文革時已讀到初三的我，從沒讀過一本馬列書。文革時期，一個偶然的機會才讓我第一次讀到了馬克思恩格斯。

那大概是一九六八年，文革最瘋狂的時期已過去。一日，我偶經省圖書館，發現那張封了多日的大門開了條縫。忙鑽進去四處窺測，發現二樓竟然有間閱覽室開了門。一名中年女子坐在門口織毛線，室中卻空無一人。見我探頭探腦，那女子便招呼道：「進來呀，可以坐這裡學毛著。」

進去一看，滿屋紅寶書之外，最後面卻有一櫃深棕色封面的書，趨前細看，竟是一整套《馬克思恩格斯全集》。數了數，有二十八本之多。

便拿了第一卷坐下來翻閱。開篇第一篇文章是馬克思《評普魯士最近的書刊檢查令》。這題目就引我入勝。第一，普魯士是外國，凡是外國的事情我都滿心好奇。第二，他們也有書刊檢查制度嗎？跟我們的相比怎麼樣？第三，看看馬列主義祖師爺對它是怎麼說的？

這一翻不要緊，拿起來就放不下了。寫得太好了！別說跟我們那滿紙胡言亂語的大字報和假大空話連篇的社論相比了，就是跟那紅寶書相比，也不在一個等級上。那幽默的文字，那雄辯滔滔的氣勢，那行雲流水的節奏，旁徵博引，淋漓盡致。而最最令我拍案驚奇的是：這馬師爺批判的，何止是普魯士德國，簡直就是當下的現實！

我把一些令我激動的段落讀了又讀，還抄下來，以致至今我還大致背得出書中一些片段和名句，比如以下這幾段：

「你們讚美大自然令人賞心悅目的千姿百態和無窮無盡的豐富寶藏，你們並不要求玫瑰散發出紫羅蘭一樣的芳香，但你們為何要求世界上最豐富的東西——精神只能有一種存在形式呢？……每一滴露水在陽光下都閃耀出無窮無盡的色彩。但是精神的太陽，無論它照耀多少個體，無論它照耀甚麼事物，你們卻只准它產生一種色彩——官方的色彩。」

普魯士書報檢查令要求：「特別注意準備出版的作品的形式和語調，一旦發現作品因感情衝動、激烈和狂妄而帶有有害的傾向，應不准其印行。這樣一來，作者就成了最可怕的恐怖主義的犧牲品，遭到了法律的制裁。追究傾向的法律，即沒有規定客觀標準的法律，是恐怖主義的法律。」

「凡是企圖管治精神的政府，都是反動的政府。」

讀到這裡，我簡直要起立拍手叫好，歡呼出聲：「明白了明白了！」

我明白了，為何他們把馬列主義祖師爺的著作也列為禁書？要是人人都讀到以上這些話，正在橫行的這些冒牌馬列主義者便會原形畢露。馬克思抨擊的，何止是舊日的普魯士，他抨擊的是世界上所有的專制極權政府，從西方到東方，從過去到現在。

從那天開始，大約有兩三個月，我每天帶著兩個饅頭，從早上八點到下午五點，來這間閱覽室讀這套書，把這套書從第一本到最後一本通讀了一遍，連注釋也不放過。我決心要搞搞清楚：我們如今所經歷的這一切，到底是怎麼回事？甚麼是真馬克思主義？甚麼是冒牌馬列主義？

這套書的譯者署名是：中共中央馬恩列斯著作編譯局。我後來才知道，在這個名目下，集結的是一批當時中國的頂級翻譯家。其中包括錢鐘書、師哲、陳昌浩、姜椿芳……我永遠感謝他們，他們精湛的譯文不但幫助我走出蒙昧，而且讓我享受和學習到一流的中文，令我終身受益。

右派父親爲我們譯的書

英國作家吉卜林（Joseph Rudyard Kipling）自傳裡提到，少年時代影響他最深的書中，有一本是《月亮寶石》。「不知道為甚麼，」他寫道，「這本書讓我如痴如醉。」

這本書也曾讓我如痴如醉，在跟他差不多大的年齡時。不過，我卻清楚地知道為甚麼，因為這本書是我父親翻譯的，他特地為我們，他的三個女兒而翻譯。密密麻麻的鋼筆字，寫在自己縫合成冊的三本大三十二開劣質紙上，用他那筆圓潤的字。

九歲那年，母親帶我們逃離大興安嶺去長沙。在我們那簡而又簡的行李中，有一個小箱子是書箱，裝上了我們最喜愛的書：有兩年半前離開北京時姑爹送的七十一回本《水滸傳》，是他注釋並編輯的。有叔叔送的納訓譯《一千零一夜》和葉君健譯《安徒生童話》已出版的四集。還有母親在林區小鎮上的書店搜購到的《春秋故事》。她拖著發燒吐血的病體，帶著三個孩子，輾轉奔波了七天七夜穿越大半個中國，一件最主要的行李不見了，小書箱卻緊緊拎在手裡。

戴著一頂右派帽子的父親獨自留下來。分別的前一天，他下班回家，興高采烈地揮動著手中的一本書。封面裝幀優雅漂亮，上面的文字我卻不認識。父親說，這是一本英文小說，名叫《月亮寶石》。是一本世界名著，講了一顆印度大寶石的傳奇。寫書的人名叫柯林斯。他是世界推理小說之父。

太棒了！

可是，看不懂怎麼辦？

「我要把這本書翻譯出來給你們看。」父親說。

我們離開大興安嶺之後，父親的處境每況愈下，寄信給他的信封上，地址越寫越長，鎮名之後，加上林場名，再加上分場名，再加上伐木隊之名，最後加上第幾小隊。這說明他一步步地被推入到更深更深的山溝老林。一九七二年我去那個名叫開拉氣的伐木隊看他，發現他和十多名伐木工人擠住在一個大工棚，一溜監獄一般的大通鋪，黑呼呼的，臭哄哄的。而工棚外面是零下四十度的林海雪原。

難道他是在這樣的環境中譯出了那本書？

父親大概是從我眼中含著的淚水看出了我的心思，安慰地道：「大家都對我很好。你孫大爺老叫我上他那屋去暖和。你劉大爺老叫我去幫廚。」

孫大爺是隊裡的元老級老工人。劉大爺是隊裡的炊事員。他們幾乎是文盲，但敬重知識人。

可是……

回長沙後我把那三個手工縫合的本子又找出來，仔仔細細從頭到尾再讀一遍。在這之前，我已經讀過不知多少遍了。當初，在我們抵達長沙的一年之後，它便一本一本地陸續寄來。

我還記得每次收到時的快樂。我總是一口氣讀完，然後趕緊寫信催促父親快往下譯：「快點！快點！佛蘭克怎麼會偷寶石呢？雷切爾小姐最後嫁給了誰？」

那段時間，我到處找《魯濱遜漂遊記》這本書，因為《月亮寶石》中的那名老家僕一碰到麻煩就到這本書裡尋求啟示，而且每次都如願以償。我因此認為那本書是萬能寶典。

父親終於寄來了最後一本譯稿。我在收到全本後馬上又通讀一遍。當即對母親發表感想：「爸譯得真好！比魯迅好多了。」

當時剛讀了魯迅譯的果戈理《死魂靈》，感覺硬譯，難以卒讀。以致好長時間都誤以為果戈理是一位晦澀難頂的作家。

一九七二年的那個冬天，去過了開拉氣回長沙再讀父親這本紙張業已發黃的譯稿，我更加認定，《月亮寶石》是我所讀過的翻譯小說中最動人的一部，包括那些名家翻譯的名著在內，全都趕不上它，儘管管它的譯者終其生只譯過這一本書，讀者只有我家的四個人。我讀著讀著，禁不住無語哽咽，想起了林海雪原裡那一點如豆的煤油燈光，想起了那個伏在燈光下艱難走筆的親人。

我曾經怨恨過父親，怪他不該從香港回來。最絕望的時候，還憤然抱怨：父母如果沒有能力保護自己的孩子，就不應該生下他們。現在，在讀著這本整整齊齊乾乾淨淨、沒有一處塗抹的譯稿，我知道那怨恨是多麼無理，多麼自私。

多麗絲・萊辛《特別的貓》

我怕貓怕狗，連雞和兔子也怕，但愛看寫動物的書。尤其愛看寫貓貓狗狗的。少時讀屠格涅夫的〈木木〉，感動得一蹋糊塗，從此變成屠格涅夫擁躉，讀遍他所有的小說，至今難忘的還是寫一名農奴和他那隻小狗的〈木木〉。

我覺得很多大作家都如此，他們寫了好幾本名著，可是最動人的還是寫動物的那一本。可以舉出不少例證，這裡我想說的是多麗絲・萊辛（Doris Lessing）。她以《金色筆記》獲諾貝爾文學獎，她自己說她偏愛的是成名作《野草在歌唱》，我卻覺得都比不上她寫貓的那一本，《特別的貓》。

十多年前讀過一次，近日又找來讀了一次，依然像第一次讀那樣為之動情。一頁一頁讀到最後，仍感餘音嫋嫋，不絕如縷。

萊辛作品貫穿著一個主題，那就是人與人之間的隔絕狀態，即使夫妻、情人、父母、兒女，心靈也往往隔絕，難以溝通。其實《特別的貓》也是這一主題的延伸。書中寫公貓母貓，用的代詞不是「牠」，而是「他」或「她」，萊辛與他們之間所達至的那種理解，簡直超出了她與親人之間的理解。我懷疑，她對那些貓的關愛，是不是也超出了她對親人的關愛？

讀著這本書，我有好多次禁不住也向自己發出這樣的疑問：我與我的親人們也曾達至這樣情深意切的境界嗎？

我想起父親。他在我四十六歲時去世，四十六年中我們相處的時間零零碎碎加起來也不超過七年，其中有二十一年，他獨自被流放在大興安嶺深山老林中的一個伐木隊。我們很生疏。我總覺得他對我很失望，他可能也以為我對他很失望。雖在母親的督促下定時寫信，但信中都是你好我好的客套話，文革中前面少不了還要加上一段「最高指示」。然後就是「此致敬禮」了，如一首歌裡所唱，「此致那個敬禮」，禮貌客套。見了面也沒有甚麼話說。我們之間唯一的長談便是關於他在伐木隊養的一隻貓。

那年我去伐木隊看他，看見了那隻他收養的黑貓。他說：

「我和牠兩個相依為命。尤其過年時，大家都下山回家了，工隊裡只剩下我和小黑。我煮面時，牠就蹲在對面看著我，我吃一口餵牠一口，牠吃了就滿足地喵一聲，那時我覺得牠簡直跟人一樣。不，比人還像人。真的，你別看不過是隻貓，比人更有尊嚴。你絕對不能隨便打罵牠。有一次隊長家一條魚不見了，隊長老婆找上門來罵小黑，說牠偷吃了。我也只好跟著罵：『賊貓！壞貓！』你猜怎麼著，小黑一聽我這罵，立時氣哼哼往牆角一蹲，絕食了！一連幾天不吃不喝，這樣下去豈不是會餓死？我只好作了牠最愛的蛋炒飯哄牠：算了算了，魚你偷就偷了吧，我原諒你了。可牠仍是用那樣一種哀怨的目光看著我，好像在說：『別人冤枉我也就算了，連你也……』最後還是隊長老婆找到了偷魚賊來跟牠說對不起，牠才爬起來吃東西。」

父親跟我講這些時，我沒有甚麼特別的表示，那時我滿心都是自己的事情，無暇體會他與貓之間的情感。可我第一次讀到《特別的貓》，讀到作者誤解了貓貓阿灰叼來香腸的行為，罵牠「賊貓！壞貓！」時，驀地，父親的故事湧上心頭，心中頓時有了哽咽的感覺。我想起父親講故事時那沉鬱的目光，望向結了厚厚一層冰的車窗。當時，我們擠坐在一輛開往齊齊哈爾的火車上。

我們是怎麼談起這個話題的？我聽了這麼傷感的故事為何一言不發？我為甚麼沒有望住他跟他說一句：「爸你真不容易，我知道你是為了我們，才在那麼個地方堅持下來的。」

但父親早已不在了。我沒有機會說出這句話了。

《特別的貓》中，也有一隻小黑，是一隻高貴典雅的小母貓，每次讀這本書，我都特別關注她的故事，為描寫她的每一個細節感動。

「像一座墳墓中的貓雕。當她筆直坐著，四隻腳掌並排擱於地，眼睛凝視遠方之時，顯得無比沉靜而孤僻，彷彿已經退回內心某個遙遠的角落。」

即使讀到這樣不動聲色的描寫，我也會淚眼迷濛，我心裡想：當我的父親彌留之際，我在病房守夜，我們怎麼還是沉默無語？那時我應該問問他小黑後來怎樣了，那麼，至少他知道我是關心他的。

我把這本書推薦給幾位朋友看，他們似乎都沒有我這麼深的感動。唉，因為他們沒有我這麼深的遺憾。

伍爾芙《普通讀者》

這是現代派小說家弗吉尼亞．伍爾芙（Virginia Woolf，臺譯：維吉尼亞．吳爾芙，港譯：維真尼亞．吳爾芙）的讀書隨筆集。我非常喜歡。

伍爾芙以小說《到燈塔去》和《達羅衛夫人》成名，但是比起她的小說來，我更喜歡她的散文隨筆，而她的隨筆多以讀書隨筆的形式出現。她曾將這些隨筆結集成兩本書，《普通讀者》一、二集。那年，北京三聯書店出版了瞿世鏡的中文選譯本，就是我讀到的這本《普通讀者》。

這些讀書隨筆有很多是伍爾芙為倫敦《泰晤士報文學增刊》寫的書評和作家短論。也許考慮到讀者群不止是文學發燒友，還有各行各業的大眾，比起她那些刻意求工趣味高雅的小說來，她的這些隨筆反而更貼地，更輕快，更有趣。她在序中引用塞繆爾．約翰遜（Samuel Johnson）的話開宗明義道：

「能與普通讀者的意見不謀而合，在我是高興的事，因為，在決定詩歌榮譽的權利時，儘管高雅敏感的學術教條也起著作用，但一般來說，應當考慮未受文學偏見污染的普通讀者常識。」

從這樣的原則出發，伍爾芙寫這些隨筆時竭力放下大作家的架子，與普通讀者平起平坐。然而，作為一位卓有成就的小說家，她對文學作品的認識、理解、見地當然要比普通讀者高超。她當然能比普通讀者更準確到位地評估一位作家的高下和一本書的文學價值。

何況伍爾芙博覽群書，學識豐厚。她雖因父母重男輕女沒有受到科班教育，是在家裡的圖書室自學成材的。但她家學淵源，父親是英國著名作家，哈代、羅斯金、亨利．詹姆斯等一流文學家都是她家座上客。她耳濡目染，視界開闊。沒了科班教育的束縛，反而可以把全部時間放在閱讀自己喜愛的書：小說、詩歌、戲劇、歷史、傳記、回憶錄等等，不一而足。

她精通歐洲各國的文學史。所以她寫起文學家們的生涯和作品，都如數家珍。尤其寫起女作家來更是得心應手，艾米莉．勃朗特、簡．奧斯汀、勃朗寧夫人這些大名鼎鼎的女作家，在她那支生花妙筆下更其光彩照人，搖曳生輝。

到底是小說家，寫起評論來也能運用形象思維，文章就不像那些只善邏輯思維的學究批評家們似的枯燥乏味。她的文學才華和成就決不在她評說的大多數作家以下，但從她的讀書隨筆可以看到，她花了大量時間和精力研讀所有那些作家的作品，不止是為了介紹他們，也從中汲取對自己有用的營養，才會「庾信文章老更成」，文章越寫越好。

可惜她雖幸運地嫁了一位摯愛她的丈夫，卻不幸從小患有精神病，在五十九歲那年死於一次大發作，投河自盡。前些年有部電影《此時此刻》（The Hours）講述她的故事，把重點放在她這一不幸結局上。扮演伍爾芙的妮歌．潔曼憑此角色獲得奧斯卡最佳女主角獎，我卻覺得她並沒有領會伍爾芙精緻深邃的靈魂。不過，誰又能理解呢？也許，就連伍爾芙本人也不能。

這位被視為女權主義鼻祖的女作家曾說過：女性作者只要有一間自己的房子和五百鎊年金收入，就可以隨心所欲地寫作。她自己不是有了比這更多更好的優渥寫作環境了嗎，還有個好丈夫，可她還是三番五次要去死。電影中的伍爾芙對此的解釋是：「有些人就是要去死，好讓別的人活得更好。」在給丈夫的遺書裡她也寫了大致一樣的話。

我倒是覺得，應當有另一部伍爾芙傳記，強調她豐富優雅的精神生活。以她和姐姐凡妮莎為核心的倫敦「布魯姆斯伯里團體」是英倫一道亮麗的文化風景線，不僅影響了一代文學家，也影響了整個文化界。作家福斯特、經濟學家凱恩斯、歷史作家利頓・斯特雷奇都常在那裡出沒，而伍爾芙兩夫婦成立的出版社，發掘出來的大師名作多得驚人：喬治・艾略特、T.S. 艾略特、曼斯菲爾德、奧登、克里斯朵弗・伊舍伍德……就連伍爾芙自己都是這間出版社發掘出來的。

我想像，或可將《普通讀者》這本書作為一條將這位大師絢麗多彩的精神生活串起來的絲線，寫一本陽春白雪的伍爾芙傳記。她曾經跟那麼多的文化精英在廣闊的時空中共處、對話、交流、上窮碧落下黃泉，以致於無法回歸粗糙、嘈雜、野蠻的現實生活了，這是個悲劇，但對她自己來說，未嘗不是一個最好的結局。

可惜後人的興奮點往往在這一團體成員的軼聞八卦，以及他們之間複雜的情愛關係，他們的不肖子孫，竟然也以曝光自己名人前輩的「醜聞」為樂事。

辛辣的反省：格拉斯《鐵皮鼓》

「我的房間無風
虔誠，一支香煙
如此神秘，誰人還敢
抬高房租
或打聽我的老婆？」

這是德國作家君特．格拉斯（Günter Grass，臺譯：鈞特．葛拉斯）青年時代寫的詩句。當時他身在巴黎，僑居寫作。從詩中我們看到，那是一段艱難歲月。格拉斯後來成為德國首屈一指的作家，一九九九年諾貝爾文學獎得主。但在當時，五十年代，他還是個只出過一本小書的青年作者。靠一家出版社微薄的救濟金度日。

這筆救濟金可說是這家有遠見的出版社在這個無名小卒身上下的賭注。三年之後，一九五八年，出版社贏了。格拉斯以他的長篇小說《鐵皮鼓》一炮而紅。這部小說僅德文版就印了三十萬冊，並很快被譯成多種語言。一九八〇年，小說被搬上銀幕，獲當年奧斯卡最佳外語片獎。

《鐵皮鼓》堪稱巨著，譯成中文近五十萬字。它寫的是一名侏儒奧斯卡的成長故事。故事看似荒誕不經。跟別的侏儒不一樣，奧斯卡這個侏儒不是天生的。他出生在二十年代的波蘭但澤（跟格拉斯本人一樣），一出娘胎，他就預感到人類的黑暗時代將要降臨，想要返回他媽媽的肚子裡。無奈臍帶已經剪斷，他回不去了，遂一跤跌下地來，跌成呆小症，永遠停留在三歲身材。

侏儒奧斯卡拒絕加入成年人社會，但他的智力卻比一般人高三倍，而且具有遙距唱碎玻璃的特異功能。母親送給他一面鐵皮鼓，他便終身挎著這面鼓，試圖以鼓聲將自己隔離於喧囂醜陋的周遭世界。

奧斯卡成長過程中充滿了這類魔幻離奇的故事，正所謂「滿紙荒唐言」。然而，荒誕的細節卻與大時代的真實歷史背景息息相連，一戰到二戰前後在德國和波蘭發生的大事，諸如納粹黨的形成、德國入侵奧地利、捷克和波蘭、焚書虐猶的水晶之夜、二戰中的各次重大戰役、甚至一群德國軍官密謀暗殺希特勒的行動，都與奧斯卡的虛構成長故事平行發展，相互對應。那個時代的各種典型人物，整個德國對希特勒如痴如狂的集體崇拜，都被具體而微地表現在小說裡了。

事實上，小說的主旨便是以誇張的故事提醒德國人乃至地球人，反思那段歷史，反思個人在歷史中是怎樣角色定位的。一陣陣哄笑之後，讀者也許會像果戈理《欽差大臣》的觀眾一樣，聽見了作者在幕後發出的冷峻聲音：「你們笑的是自己。」

我其實欣賞不了格拉斯那種連篇累牘紛至沓來的細節轟炸，他的想像力太豐富，渲染力太強勢，造成我的審美疲勞。不過我非常敬佩他勇於反省的道德勇氣，如此辛辣無情地反省自己民族曾經的迷失和罪孽，檢討他們應當為納粹禍害世界的罪行負上甚麼責任，以致得罪了他的同胞。在德國，他一直是一位有爭議的作家。

晚年他還將這一靈魂拷問延伸到自己身上。在他八十歲時發表的回憶錄《剝洋蔥》中，他曝光自己隱瞞了六十多年的歷史污點。當他只是個十七歲的中學生，曾經跟全班同學集體加入過黨衛軍。在書中他寫道：

「幾十年來，我始終拒絕承認自己和『黨衛軍』這個詞有過干系。戰後我心中始終羞愧難當，對少不更事時引以為豪的事情避而不談。」

之前他也寫過回憶，然而回憶和自畫像都有可能不由自主美化自己的經歷，像美圖秀秀一樣強化明眸皓齒，隱去雀斑瑕疵。現在人到老年，良知讓他無法消除心底裡的羞愧之感，再也無法朦朧那一故意朦朧掉的丑陋往事，他寫道：

「雖然那時我還沒聽說過那些後來才曝光的戰爭罪行，但是自稱當初無知，不能掩蓋我的認識：我曾被納入一個體制，這個體制策劃、組織、實施了對千百萬人的屠殺。即使可以用沒動手幹壞事為自己辯白，但還是留下一點所謂『共同負責』的東西，揮之不去，在我有生之年難逃干系。」

他將自己青少年時代在這一體制中的所作所為如實道來，以這部力求真實的回憶錄為自己堪稱輝煌的寫作生涯劃上了一個實心的句號。

《暗星薩伐旅》：要不要留在你的國家？

這日，無好書可讀，又重翻保羅．索魯（Paul Theroux）的《暗星薩伐旅》（Dark Star Safari）。這書名有點怪，乍看以為跟蘋果瀏覽器有關係。其實Safari是非洲旅行的特指。而「暗星」則暗示作家對那片大陸的整體觀感——黑暗的星球，令我想起大陸六七十年代的那首紅歌：「黑非洲，黑非洲，黑夜沉沉不到頭。」

今天重讀此書，感覺有了一點變化。不說看到了那黑暗的盡頭，起碼看到了微光。而且跟那些倒行逆施的流氓國家相比，非洲雖然黑暗，倒也不算最黑暗。

當然，非洲的難民移民潮依然洶湧，以前是奴隸販子把黑人賣去美國，如今是黑人自己逃去美國。保羅．索魯一路上跟無數非洲人交談，從大學生到司機，從小偷到妓女，他們一聽說他來自美國，都跟他打聽如何才能去到那裡。令保羅．索魯奇怪的是，知識精英們對移民反而不是那麼熱衷。即使是在每六個人中就有五個人坐過牢的埃塞俄比亞，也有不少知識分子寧願留下來。最讓我驚奇的是烏干達。在這個東非小國，政府高官竟然多是國外留學回來的知識分子。烏干達應該是保羅．索魯最熟悉的非洲國家了。六十年代初，他參加美國和平隊到那裡支教四年，那時候烏干達還是英國殖民地。三十多年後，他舊地重遊，發現這個國家比當年更窮，更破。經歷過阿明暴政和之後的動亂，如今它成了個民主國家。當年他在大學的同事，有好幾位都當了政府高官，有一位還是首相。

他跟包括首相在內的其中四位一一聚談。大家都對烏天達的現狀表示憂慮：貧困、愛滋病、濫伐森林、選舉舞弊、行政系統紊亂……等等一大堆問題。可是令人驚奇的是，這四位老友總共生有二十四個子女，這些子女都留在國內。老友們異口同聲，都說希望自己的孩子在國內發展。

保羅．索魯對此大表讚賞：「相信自己的孩子在這個國家還有將來，」他評說道，「這就是一種信心的評斷，也是這個國家還有未來的一種表徵。」又說：「考驗一個人的政治信念，就是要看他如何指導孩子。父母們絕不願意因為混亂的思想或注定失敗的經濟犧牲自己的孩子。」

四位老友中，有一位六十年代是毛澤東的信徒，如今還是滿口馬列，痛斥「黑人資本主義分子」，驚嘆中國人從「穿著藍色毛裝的瘋狂馬戲演員」，一夜暴富，變成「十億個打著領帶面帶微笑的財閥」。可是當保羅．索魯問他：

「你想住到中國嗎？」

他的回答是：「絕不。」

身為中國人，讀到這裡我有點生氣。可是轉念一想，又釋然了：不管怎麼著，人家這是真愛國。不管他們親美還是親中，都把子女留在國內。而不是像有些國家一樣，大官們小官們口裡號召大家愛國，私下裡都把自己子女跟財產往國外送，不是送去他們口中的兄弟國家，而是送去他們口中老喊著要打倒的資本主義國家。

暴政時代的精神貴族

我讀帕斯捷爾納克（Boris Leonidovich Pasternak，臺譯：巴斯特納克）自傳《人與事》，記憶最深的是這句話：「我可以像海涅一樣說：『作為詩人，我也許不值得被記住，但作為一個為自由而鬥爭的戰士，我將被人們銘記。』」

事實也是如此。今天他的詩名，遠遠低於他為自由謳歌的小說家之名。他的《日瓦戈醫生》（臺譯：齊瓦哥醫生）比他的詩流傳得更廣。這本只能偷送到蘇聯國外出版的小說，其寫作和出版的過程，本身就是一部傳奇。

如今看來，這本小說其實只是違背官方「社會主義現實主義」寫作規條，以一名自由知識分子的立場描述了十月革命之後的俄國內戰，故事抒情，筆調溫婉。但在那個只允許《鋼鐵是怎樣煉成的》、《青年近衛軍》、《日日夜夜》等紅色經典存在的時代，已屬離經叛道。

關鍵在於，帕斯捷爾納克從一開始就知道這是一部惹禍之作，但親歷了斯大林（Joseph Stalin，臺譯：史達林）暴政，見證了好友阿赫瑪托娃、茨維塔耶娃、曼德爾施塔姆等天才詩人慘遭迫害，後兩位還死於非命，他認為自己對同時代人負有一筆巨債。

「寫這部小說是試圖償還債務。」他在回憶錄中說：「多年以來我只寫抒情詩和翻譯，現在我認為我有責任用小說講述我們的時代。」

小說果然引起軒然大波，因為在那個年代，社會主義陣營空前強大，知識份子左傾成為時髦，就連紀德那樣的法國文豪，說幾句蘇聯壞話也會引來一片謾罵。現在竟有這麼一位蘇聯詩人，敢於從鐵幕後面發出自己的聲音。立即引起轟動。小說被譯成二十種語言，並獲得第二年的諾貝爾文學獎。

這下蘇聯炸鍋了。帕斯捷爾納克被開除出作家協會，愛國賊們還舉著標語牌上街遊行，呼籲政府將他驅除出境，他們高呼著：「猶大，從蘇聯滾出去！」

身為一名年近七十的老人，帕斯捷爾納克不想背井離鄉過流亡生活，只好拒絕領獎。但從此難以發表作品，幽居家中，靠養老金度日。在孤寂和痛苦中度過生命的最後兩年。

二〇一八年我去莫斯科旅遊，本要去他的墓地憑弔。但當地朋友告訴我，那墓地很難找，而且連墓碑也沒有。據說，這是他的遺願：不入公墓，不要墓碑。他知道，他的靈魂將永遠活在他的作品中。

我想起了普希金（Alexander Pushkin）。

普希金的遺體也是遵照他的遺願葬在家中庭院。墓前的小小墓碑上，刻著他為自己寫的墓誌銘：

「這兒埋葬著普希金，／他和年輕的繆斯一起／度過了快樂的一生。／他沒作過甚麼善事，但在心靈上，／卻實實在在是個好人。」

他深信自己的詩已為自己建立起了「一座非人工砌造的紀念碑」。

鮑里斯．列昂尼多維奇．巴斯特納克（Boris Leonidovich Pasternak, 1890 - 1960），蘇聯作家，諾貝爾文學獎得主，自傳《人與事》作者

「不，我不會完全死亡。」在〈紀念碑〉一詩中，他寫道：「我的靈魂將在我遺留的詩句中／逃過腐朽，比我的骨灰活得更為長久。」

這跟雨果關於靈魂的一句話正是英雄所見略同。當有人對雨果說「人死後靈魂也結束了」時，雨果高傲地回答：「你的靈魂也許是這樣；但我知道我的靈魂是永生的。」

因為他跟普希金一樣，不畏強權，不媚俗眾，「在這殘酷的世紀，／我歌頌過自由，／並為犧牲者們祈禱過悲憫。」

何謂精神貴族？這就是。

阿赫瑪托娃如何走過黑暗時代

我第一次知道阿赫瑪托娃（Anna Akhmatova）的名字是讀到她的長詩《沒有主人公的敘事詩》。那是在八十年代中期，我們剛從一場噩夢中醒來，大家已經能夠談論那場浩劫，敢於為死難的親友們一哭了，但仍然忌諱多多。一般來說，我們表述傷痛也好，憤怒也好，用的都是條件讓步複合句，幾經轉折：「假如……雖然……但是……不過……」

所以一看《沒有主人公的敘事詩》，我就心領神會。整篇詩行都貫穿著這種句式。而且，連主語也告缺，更不要說賓語了。誰哀痛？為誰哀痛？指涉對象是誰？一概朦朧。作者還一開頭就聲稱：「我經常聽到關於這首詩的歪曲的、荒誕的解釋，有人勸我把這首詩弄得更明白一點，我拒絕這樣作。這首長詩不包括第三種、第七種、和第二十九種意思。」

這就是說，別以為它是為了二戰中列寧格勒圍困中的死難者而作，像人們對肖斯塔科維奇《列寧格勒交響樂》的膚淺解釋一樣。假如你曾親身經歷過極權主義暴政，這首詩還會有別的解釋嗎？只需一個關鍵詞，這些支離破碎的句子，這些連連不斷的省略號，便會以哀歌、哀樂、葬禮進行曲的形式集結，呈現出詩人想表達卻一時不能明確表達的涵義。

那時我對阿赫瑪托娃還一無所知，不知道她早在十月革命前就已卓然成名，不知道她第一任丈夫、詩人古米廖夫早在一九二一年便以反革命罪遭到處決，而他們唯一的兒子列夫．古米廖夫在斯大林大清洗年代兩次入獄，罪名只是不肯承認父親的罪名。當然也不知道，這位絕望的母親曾經到處尋找兒子的下落，得知他還活著之後，「有十七個月是在排隊探監中度過的。」「我高聲哀號了十七個月／千呼萬喚你回家／我匍匐在劊子手腳下……」

這是她一九六一年發表的長詩《安魂曲》中的詩句。那時大魔頭斯大林已死翹翹，人稱代詞這才清晰出現。而《沒有主人公的敘事詩》在塵封二十二年之後，也終於在一九六二年出版。阿赫瑪托娃當然不用解釋了，關鍵詞已然出現：斯大林暴政。謎團迎刃而解。我們透過那層層迷思，看到了那座變成了一座大監獄的城市，那正是全詩呈現出來的整體意象：恐懼，「連為親人一哭都要躲到被子裡」的恐懼。

我後來才讀到阿赫瑪托娃早年寫的抒情詩，從詩藝的角度鑒賞，那些詩或許勝過上述敘事長詩。不過，如果她一生只寫了那些抒情詩，她也許只是一顆流星，在俄羅斯詩歌白銀時代一掠而過，稍縱即逝。讓她名傳不朽成為大詩人的，還是那兩首記敘了黑暗時代的長詩。

但即使她甚麼也沒寫，也仍然會因為她那傳奇般的兒子列夫．古米廖夫，被人銘記。斷續經過差不多三十年的集中營生涯，列夫．古米廖夫仍然野火燒不盡春風吹又生。他將近四十歲才終於以旁聽生身份拿到了大學本科學位。五十歲才拿到博士學位。但很快脫穎而出，成為享有國際聲譽的歷史學家、地理學家和人類學家。如今，兒子的名聲比母親更為顯赫。人們提起這對母子，甚至不是說「阿赫瑪托娃的兒子」，而是說「列夫．古米廖夫的母親」。二〇一二年列夫．古米廖夫誕辰百年，他度過長期流放生涯的哈薩克斯坦共和國發行了一套

安娜・安德烈耶芙娜・戈連科（Anna Andreyevna Gorenko, 1889 - 1966），筆名安娜・阿赫瑪托娃（Anna Akhmatova），俄羅斯烏克蘭裔女詩人，《沒有主人公的敘事詩》作者。

郵票紀念他，接著又成立了一所以他的名字命名的大學。

「別為我哭，媽媽／我在我的墳墓裡活著。」《安魂曲》裡的名句竟然以歡欣的調式得到應驗。我想，這是對阿赫瑪托娃一生苦難的最好回報了。她一定是含笑九泉的吧。

跟著布羅茨基遊聖彼得堡

也許因為我缺乏詩才，我喜歡布羅茨基（Joseph Brodsky）的散文多於喜歡他的詩。他那本散文集《小於一》我讀了兩遍，其中有幾篇還讀了許多次。大前年動了去俄羅斯旅遊之心，就是讀了其中〈一間半房子〉。還把文中描述他故居的章節截屏到手機上，像考古學家謝里曼手持荷馬的《伊利亞特》挖掘出特洛亞古城，我手持載有〈一間半房子〉章節的手機在彼得堡穿街過巷，尋找那一間半房子的所在地：鑄造廠大街二十四號。

那天看到村上春樹寫他父親二戰經歷，就又想起了〈一間半房子〉。村上春樹為他父親參加過侵華日軍而糾結。布羅茨基的父親二戰中也到過中國。不過身份正好相反，是作為出兵東北攻打日本的蘇聯紅軍中的一員。

在〈一間半房子〉中，關於他父親從中國歸來的回憶如下：

一九四八年十一月某夜，門鈴響了，八歲孩子布羅茨基和母親奔出門，便看到如下景象：身著海軍制服的父親和一幫同事抬著三個巨型木板條箱和零星物品魚貫而入，「上面可以看到一個個章魚似的中國大字。」

「不管他在中國搞了甚麼騙人把戲，」布羅茨基繼續寫道，「我們那小小的餐具室、我們五斗櫃和我們的四壁還是因此獲益匪淺。在藝術品中，被挂出來的幾件，都源自中國……」

其中一名軍官還給自己斟了杯酒，在他家那張小飯桌旁坐下來。這時，就發生了一件讓布羅茨基驚異不置的事：這位高大威猛的紅軍上校，朝他眨了眨眼，好像他不是個小男孩，而是個對眼前發生之事心領神會的同謀。

我不知道，布羅茨基是否從那一刻開始，就對滿大街的領袖像和革命標語失去了敬意，終於變成一名離經叛道的詩人呢？

多年以後，他以一名四十五歲的成人之心回想那一眨眼：「我再次以一種高清晰透鏡似的眼光看到了那個場面，以至我可以眨眼回敬那位上校……在這相隔近四十年的兩次眨眼之間，是否有某種我看不到的含意呢？」

叡智如布羅茨基，似乎也不能，或不想寫出答案。

七十年後，我站在他的故居前，想著他在書寫這篇文章時的憂傷：他雙親在那間老房子裡相繼去世，至死也沒被允許出國跟獨生子見一面，身為一個有家歸不得的遊子，他只好以回憶寄托哀思。在文章結尾，他以這樣一個記憶中的鏡頭安撫自己：十九歲或二十歲的某日，他陪父親去夏園拍攝一幀海軍軍樂隊的相片，兩人談起戰爭和德國人：

「我問，在他看來，哪種集中營更可怕：納粹的還是我們的？父親回答道，『我寧願在火刑柱上一下子燒死，也不想慢慢死在集中營，並在那過程中發現甚麼意義。』」

父親在這麼回答時，已經知道這將是他兒子的命運嗎？五年之後兒子便因自由寫作被控

約瑟夫・亞歷山德羅維奇・布羅茨基（Joseph Brodsky，1940 - 1996）蘇聯出生的美籍猶太裔詩人、散文家，散文集《小於一》作者。

以「寄生蟲」罪判處五年徒刑流放北方勞改，之後以同樣的罪名被驅逐出境，再也沒回來。

我看見，不知是哪位崇敬者爬上他故居大廈那一間半房子所在的窗台，在那裡放了一束花。花已經快枯萎了。令我想起馬克・斯特蘭德哀傷的詩句：「有岸，有人在等待／卻無人歸來。」

普拉東諾夫：身處絕境也要寫作

這次去上海，最大的收穫是得到徐振亞老師親筆題贈的一套蘇俄作家安德烈・普拉東諾夫（Andrei Platonov）小說：《基坑》、《切文古爾》、和《原始海》。徐老師從一九八七年著手翻譯這位俄羅斯文學奇才的作品，到今年三月終於得以出版，歷時三十七年。跟普拉東諾夫生前在蘇聯文壇被消失，去世後多年其作品才得見天日的遭遇，正是相映成趣。

「相映成趣」當然是自我解嘲的說法。不然怎麼說呢？蘇聯老大哥的現實總是跟其孿生小弟弟的現實不謀而合。

普拉東諾夫一八九九年生於俄羅斯與烏克蘭之間的沃羅涅日。在那裡，沃羅涅日河與頓河交匯。十月革命之後，「靜靜的頓河」就再也不靜，經歷了內戰和之後的大饑荒，這片土地上的人民被拋入血與火的煉獄之中，歷盡劫難，創巨痛深。

他們走過了漫漫黑夜，卻並未迎來黎明。在所謂「社會主義現實主義」的蘇聯文學作品中，他們的苦難從未得到充分真實的體現，哪怕是在《日瓦戈醫生》、《癌病房》、《敖德薩故事》這樣的異議小說中，我們看到的也只是那一血海淚河的點滴，更不必說《鋼鐵是怎樣煉成的》、《鐵流》、《被開墾的處女地》等所謂革命小說中了。

普拉東諾夫卻初入文壇，就以其中篇小說《立此存照》打破當局禁忌，如實寫出他作為黨工作者在農村考察時看到的農民苦難。不用說，他立即遭到嚴打，在「污蔑農業集體化」、「污蔑社會主義改造」、「攻擊總路線」等罪名下被整肅，被封殺。作品失去發表園地，工作權利被剝奪。十五歲的獨子以反革命罪被捕，判刑八年。五年後好不容易得以釋放，但已被折磨得奄奄一息，不久便與世長辭。

在如此非人迫害下，普拉東諾夫仍未放棄寫作。人們說他是文學奇才，我卻覺得，他不世出的奇才是身處如此絕境，仍然堅持對自由和人性真善美的信念，在那殘酷的世界以一筆之力書寫著關於紅色革命、各種欲望、和人類命運的故事，至死方休。

因禍得福，脫離了體制的藩籬，他思考的領域更開放，對現實的觀察更深刻，他最優秀的小說都在那些年中完成。當然，都得不到發表機會。直到上世紀八十年代，他去世三十多年後，才陸續被挖掘。三十年不鳴，一鳴驚人，這些小說立即在蘇聯乃至全世界文壇引起震撼。

在中國，早在一九八七年，當時致力於陀斯妥耶夫斯基譯介的徐振亞老師，就注意到了剛出土的普拉東諾夫作品，被作家「深邃的思想、高超的藝術和勇敢無畏的精神深深折服。」立即著手翻譯。兩年後，一九八九年，眼看出版在即，卻因眾所周知的原因，一拖就是十三年。直到二零零二年，才終於出版了中短篇小說集《美好而狂暴的世界》。又過了二十一年，我們才看到了眼前這套普拉東諾夫小說精選。

撫書拜讀，浮想聯翩。我回想起一九八七年，當徐老師在蘇聯《新世界》期刊發現普拉東諾夫時，我正在華東師大攻讀中俄比較文學研究生。慕徐老師精通俄文和蘇俄文學的大名，

安德烈·普拉東諾夫（Andrei Platonovich Platonov, 1899 - 1955 年）蘇聯作家，為小說《基坑》、《切文古爾》、和《原始海》作者。

經常到他門下問學。徐老師跟我提起過普拉東諾夫，說他是果戈理、托爾斯泰、陀斯妥耶夫斯基、契訶夫的真正傳人，值得好好研讀。

我便去外文閱覽室翻閱刊登了《基坑》的那期《新世界》。但普拉東諾夫的俄文極其豐富多彩，將古典俄語和民間口語、俗語、俚語溶於一爐。而且他敘事手法既古樸又前衛，運用了各種現代派小說手法：象徵、暗喻、倒置等等，極具張力，我俄文程度差，讀來難度頗大。

三十七年後的今天，經歷了蘇聯解體、社會主義陣營瓦解、以及種種國際國內的風雲，再讀經過徐振亞老師咀嚼吐哺出來的普拉東諾夫，我才感受到普拉東諾夫那石破天驚的文學力度。那克制而犀利的文字，那平實而巧拙的敘事，那寓言式的細節鋪陳，好看而寓意深沉。

薩特說過：「偉大的作家終其一生，其實都在書寫同一個故事。」讀完普拉東諾夫的三本小說，我覺得普拉東諾夫也是這樣。他這三本小說，千變萬化，都是他對蘇維埃這座共產主義大廈從向往到絕望的敘事。列寧巨手一揮：「把憐恤丟掉吧！工人階級不需要憐恤！」於是富農階級整個被消滅，貧下中農也在集體化道路上九死一生，就連紅軍將領、黨國高幹也在斯大林血腥整肅下被消滅得七七八八。在狂暴和鮮血中建立的這一新世界，有可能是美好的嗎？

讀完這套小說，我的感覺是否定的。那個世界不僅不美好，絕對是一座人間地獄。在那裡，人們為了修建那座臆想中的大廈付出了畢生血汗，大廈卻始終不見影，他們拼死拼活建造出來的，只是那個越挖越深的基坑，埋葬了他們的理想、人性、和所有美麗的事物。

我讀哈代：令人驚艷的雖敗猶榮

哈代這位英國作家不必以括號標出其英文原名，因為他是少數兩岸三地統一了中譯名的外國作家。這大概得益於他小說《苔絲》的第一位中譯者張谷若。張谷若一九三六年便將這本文學經典介紹到中國。其精彩傳神的譯筆讓中國讀者驚艷，也讓這位三十三歲的青年一舉成名，他的《苔絲》譯本，至今難以超越。

今年是哈代逝世九十五周年，我再次閱讀他的四本經典之作《還鄉》、《卡斯特橋市長》、《苔絲》和《無名的裘德》，以緬懷他、欣賞他。令我驚異的是，我仍然感到了當年初讀它們的震撼。

《卡斯特橋市長》和《苔絲》我讀過許多次，尤其《卡斯特橋市長》，文革中，一個偶然的機會讓它成為我那小小書箱的鎮箱之寶，沒書可讀時就拿它來止渴，每次都會為主人公亨察德的悲劇命運潸然淚下。

那個遠在英格蘭窮鄉僻壤的粗獷漢子，其身世遭遇跟我沒有任何共同之處，他的悲劇跟我們的悲劇不可同日而語，然而，讀過這麼多遍，我仍然為他的故事牽扯、思索、傷痛、感慨不已。

哈代可以說是個宿命論者，他這四大悲劇小說跟希臘悲劇精神一脈相承：在自然和社會法規面前，人的力量何其渺小脆弱，不堪一擊。但生而為人，高貴於其他動物之處的，就是敢於與天命和神權抗爭。跟索福克勒斯筆下的俄狄浦斯一樣，哈代這四部經典中的男女主人公，都竭盡全力跟命運抗爭，卻都以悲壯的死亡告終。

對，是悲壯而不是悲慘，因為他們的死引起的不是同情，而是尊敬，比起他們周遭那些庸碌一世的芸芸眾生，他們轟轟烈烈的一生使人驚艷甚至向往，悲壯、崇高，莊嚴，雖敗猶榮。

第一次讀《卡斯特橋市長》，我為那收束句一灑同情之淚，「幸福不過是人生這出悲劇中的一個小小插曲而已。」可是今天，在我人生的暮年，再讀這句話，感慨已大大不同，因為我對幸福的理解已大不同。我已經能夠理解苔絲引頸就戮時那心滿意足的微笑，她比我們大多數人都幸運，因為她終於得到了她孜孜以求的真愛，哪怕只有一天。

事實上，她、亨察德，《還鄉》的游苔莎、以及《無名的裘德》的裘德，他們都像歌德的浮士德，體驗過了人生的種種酸甜苦辣，終於體味到真正的幸福，由衷感嘆：「我滿足了，讓時間停止在這一刻吧！我輸了。」

魔鬼贏了，但他只得到浮士德的軀殼，沒得到浮士德的靈魂，浮士德的靈魂已與他所愛的女子合而為一，飄入天際。

哈代的同情完全在這些失敗者一邊，以至冒社會道德法則之大不諱，給《苔絲》加上一個副標題：「一個純潔的女子」，當然，他遭到猛烈攻擊，可他寧願從此放棄小說寫作也不肯刪去這個副標題。

毛姆有部小說《尋歡作樂》（Cakes and Ale），書中的男主角被認為以哈代為模特兒。儘管毛姆堅決否定了這一傳言，我卻認為，他描寫那一人物時心中的確有哈代的影子。他不願承認，是因為他讓那名男主角憑著資質平平的小說一舉成名，流露出了他對哈代文壇巨擘地位的不以為然，忿忿不平於自己雖是英國最叫座的劇作家和小說家，卻老是被人當成二流作家。

我非常喜愛毛姆的小說，但如果拿他和哈代比較，我還是更鍾情哈代。讀哈代，我會體驗到納博科夫所說的那種「脊椎與脊椎之間的微微震顫」，這是真正文學的震顫，是超出於大腦思維的靈魂震顫。只有極少數的作家能讓我們體驗到這一閱讀快感，哈代就是其中之一。

福克納與小說實驗

八十年代初中國大陸掀起詩歌和小說熱時期，西方現代派小說創作手法一度甚囂塵上，意識流、新小說、黑色幽默、魔幻現實主義等等名目漫天揮舞，把我們這些荒廢了學業沒見過世面的畸零文學發燒友看得眼花撩亂。

尤其是意識流，我當時讀到的第一篇中國意識流小說是王蒙的《蝴蝶》，雖然不明白他幹嘛把故事講得那麼支離破碎，但不能不佩服人家的新潮。及至後來讀了意識流鼻祖之一弗吉尼亞·伍爾芙的《到燈塔去》，才知《蝴蝶》之流不過是意識流小兒科，人家西方作家早已玩得盛極而衰。而四位意識流祖師爺皆早已魂兮歸去。

我後來又讀了其他三位祖師爺的小說，福克納（William Cuthbert Faulkner）的《喧囂與騷動》，詹姆斯·喬伊斯（James Augustine Aloysius Joyce）的《尤利西斯》和普魯斯特（Marcel Proust）的《追憶逝水年華》，都讀得吃力辛苦。雖然覺得那樣的故事似乎只能那麼講，但如果不是天才，文學基本功沒有操練得爐火純青，我絕不勸人往那條道上走。

其實四位大師都不是成心玩弄手法，其手法都出自他們講好自己故事的需要。其中最多產的一位福克納，當他獲得了諾貝爾文學獎，記者問他：《喧囂與騷動》（The Sound and

The Fury）中，他讓四個主角從各自的角度反復講同一個故事，是否為了實驗新手法，他說：

「我寫作時只想把故事講得完整動人，用了何種手法不是我考慮的事，是批評家的事。起初我只想讓男主角以第一人稱講這故事。寫完後，覺得沒把我心裡的感覺表達清楚，就又從女主角的角度再講一遍。仍感言猶未盡，就又講第三個人物再講一遍。這樣，直到四個人物分別按自己思路對故事一再地補充之後，才覺得把心中不吐不快的東西都說出來了。」

我想也是這樣。其他三位都是他的前輩，有兩位從未獲得任何文學獎。但去世後聲名與日俱增。福克納肯定從他們的小說裡汲取過營養，便在講自己的故事時自然而然地用上，而且發揚光大，新招疊出，果然令人耳目一新。

他跟著又寫出的幾部小說，一再運用這手法，就有點走火入魔了。所以都叫好不叫座。尤其在《我彌留之際》（As I Lay Dying）中，他讓敘述者達到十五人之多，他們的敘述被割裂成五十多段。這就有點過份了。幹嘛呀，我們打開書只想聽到一個好聽的故事，你卻要我們參加一場文學考試，必須具備一定的文學修養才能入場，還得面對出得如此刁鑽的試題。

後來他大概有點省悟過來了，寫作就漸漸回歸傳統，像〈獻給愛米麗的一朵玫瑰〉和〈熊〉，就都比較好看了。尤其是〈熊〉，我反覆讀了兩三遍，好奇作者是如何把一個如此簡單的故事講得如此動人心魄。據說曾經對陪跑福克納獲諾貝爾文學獎憤憤不平的海明威，讀了〈熊〉之後也不響了。也許海明威後來寫《老人與海》就是受到了它的啟發。海老爹終於靠《老人與海》得到了諾獎，但我還是偏愛福克納的〈熊〉。

馬克吐溫：美國式幽默

作家走上寫作道路的動機五花八門，不過，如果我們將之大致歸納，就會發現他們其實大同小異，無非「把寫作當成謀生、謀取名利、和發泄心中積鬱的手段」這麼幾種。也許美國作家馬克．吐溫（Mark Twain）和大家稍稍不同，依我看，促使他寫作不綴的動力，來自他那永不竭止的好奇心。

馬克吐溫出生於美國南方一小鎮，幾乎沒受過甚麼正式教育。只上了幾年小學就因家貧去當了印刷廠學徒（無獨有偶，美國開國元勳之一本傑明．富蘭克林也是印刷廠學徒出身）。那年，他只有十二歲。從此後他就在美國各地流浪，當過報童、水手、礦工、記者、編輯，所有這些行當都是他滿足好奇心的歷練，所以他都幹得興致勃勃，相當出色。不過有一天他發現，寫小說才是表現自己對這大千世界的好奇心、並能與大家分享的最佳行當。而讓他得以在這一行當大顯身手的，則是他「天生我材必有用」的幽默感。

「幽默」（Humor）這一詞匯在中文裡是個外來語，據說譯者是林語堂，他也被視為幽默作家。可是拿他的幽默和馬克吐溫的幽默比較，我們會看到其中顯著的差別。前者的幽默介於風趣和滑稽之間，不免拘謹；後者的幽默則自然隨性，嘻笑怒罵皆成文章。

在我看來，缺乏幽默感是一種性格缺陷，甚至是惡人壞人的標籤，比如極權政府的頭頭腦腦，從希特勒到金正恩，渾身上下找得到一個幽默細胞嗎？再看那些政權中的各級壞蛋，簡直無一不是大悶蛋。

我第一次讀到的馬克．吐溫小說是《湯姆．莎耶歷險記》，一開頭就難掩笑口。調皮搗蛋的小湯姆犯了錯，姨媽罰他刷牆。他一見有小伙伴圍觀，就扮非常享受這一懲罰性勞動狀，慢慢刷，認真刷，刷完一塊還倒退兩步，搖頭晃腦地審視效果，彷彿這是個趣味無窮的遊戲，引得小伙伴們都躍躍欲試，竟然排起隊來要求以自己的寶物來換取刷牆的機會。

這樣的細節引起的笑聲不是哄堂大笑，而是「忍俊不禁」，啞然失笑，會心一笑。我想，這就是幽默和搞笑的區別吧？如果用果戈理（Nikolai Gogol）的作品來解說的話，幽默是《死魂靈》式的笑，搞笑是《狄斯康卡近鄉夜話》式的笑。前者發自心靈；後者發自腦袋。

美國是個崇尚幽默的國家，這個由移民和拓荒者組成的群體要靠樂天精神才能在這塊新大陸白手起家，保持勃勃生機。馬克．吐溫作品集了這種美國式幽默之大成，所以一鳴驚人。而且魅力至今不衰。

當然馬克．吐溫和果戈理一樣，早期作品也有不少搞笑之作，那篇文革前被選入中國大陸高中語文課本的〈競選州長〉便庶幾近之。那時他被標籤為「批判現實主義作家」，說他的作品無情地揭露了美國式民主的黑暗腐敗。無知的我，卻也並沒把這一「中心思想」照單全收，因為那時我已對「無產階級專政」有了錐心體驗，所以當我讀到那搞笑的收尾句：

「我沉痛地在退選文件上寫下這樣的簽名：『馬克．吐溫，你忠誠的朋友，曾經的正直人士，如今的偽證犯、小偷、鞭屍犯、酒鬼、行賄犯、敲詐犯。』」

這比起我們這邊前國家主席都會轉眼間變成「叛徒、特務、工賊、黨內最大的走資派。」只是小巫見大巫，我完全能理解其中的辛辣諷刺。我不能理解的倒是，像這麼一個肆意嘲笑自己國家制度的人，怎麼沒被當成「反黨反資本主義黑作家」給揪出來鬥倒鬥臭呢？竟讓他的作品發表，竟讓他逍遙法外。

這疑惑當然隨著知識的日漸廣博而日漸消解，但對馬克吐溫的喜愛保持了終身，他是少數經得起一讀再讀的作家。當初，跟那種硬邦邦響噹噹的革命文學相比，馬克吐溫幽默流暢的敘事自然令我耳目一新。後來紛至沓來了西方東方本土的現代派文學，比起那各種費盡心機的裝神弄鬼，我還是寧可讀幽默樸實的馬克吐溫。這種喜愛經得起歲月的洗刷，今天在讀書網站上碰到《哈利貝克·芬歷險記》，甚至《百萬金鎊》，我還是會興致勃勃地把它們再讀一遍，依然忍俊不禁，依然啞然失笑，依然從他那老老實實講故事的風格中得到啟發。

索爾・貝婁：《太多值得思考的事情》

這是美國作家、一九七六年諾貝爾文學獎得主索爾・貝婁（Saul Bellow）的隨筆集。我讀了最強烈的感覺是：他非常在意自己的猶太裔身份，幾乎每篇文章都要提到。

這大概跟他兒時的遭遇有關。他父母是俄國難民，先是移居加拿大，童年的索爾・貝婁在那裡曾因病住了一年院，他後來跟訪談他的記者說，他在醫院學會的第一件事就是反猶主義，「你是一個猶太小孩，他們一直提醒你這一點，護士會不斷地提醒你，這讓我非常生氣。我氣瘋了，簡直可以殺人，但我那時太小。那年我八歲，體重四十磅上下。」

他長大成人後就想成為作家，寫寫身為猶太人的感受。的確，他小說的主人公幾乎都是猶太人，猶太知識分子。那名記者拿另一位猶太作家菲利普・羅斯跟他相比，說羅斯對自己的猶太身份倒不那麼敏感。貝婁說：「他不同，他是美國土生土長的猶太人。」

這一點很重要，貝婁的父母來美國時都人過中年，終身講不好英語。他們留在俄國的親戚慘遭布爾什維克迫害，讓他父親對列寧深惡痛絕。但青少年時代的貝婁卻很反叛，因為父親憎惡蘇聯，兒子貝婁竟成了社會主義者。不過親蘇也是當時美國猶太人的風氣，貝爾對此反省道：「那時美國那麼多俄國猶太人，即使並不熱衷於激進主義，也會出於情感或是投機，想要好好利用一把對俄國革命馬克思主義的這種迷戀。因為它把俄國帶上了新聞，讓他們擁有了一種原本無法享受的自豪。」

這跟如今那些移民美加的中國老左的心態很是相近——莫名其妙的民族自豪感。前幾天我就在一位書友的帖子下看到幾名這種老左在就美中之爭發聲，那些比義和團還義和團的言論也把我氣瘋了，雖說還沒到「簡直要殺人」的程度，也恨不得跳上去對那位版主大喝一聲：「怎麼能讓這種混蛋作你書友！還不快把他們拉黑！」

鑒於他是我尊敬的前輩，好不容易才忍住了。

再說回貝婁，當年他信奉完馬列，跟著又迷上了托洛斯基，甚至跟一位朋友跑去墨西哥要拜見他，不料就在他到達的前一天，老托被斯大林派來的刺客暗殺了。

這種經歷倒讓他終生對馬列主義以及任何激進主義有了免疫力。就連薩特那種存在主義他也一眼就看穿了它跟馬列主義的親緣關係。所以他的小說，不管是成名作《晃來晃去的人》也好，令他儕身世界級小說家之林的《雨王漢德遜》也好，他巔峰之作《洪堡的禮物》也好，其實講的都是一個主題：身處這樣一個問題多多的世界，我們應該怎麼辦？

而身為作家，他給出的答案就是這本隨筆集的書名：《太多值得思考的事情》。是的，在我們這個有了毛病的星球，有太多值得思考的事情，我們得認真思考，仔細思考，深深思考。

有人會說，光思考有甚麼用呢？但如果大家都能開動自己的大腦，讀萬卷書，行萬里路，認真思考自己的事和他人的事，努力想出合情合理的應對之策，起碼是一個合乎理性的開端，至少比那些一聽「國家」「民族」「革命」這類詞兒就發瘋的腦殘好。

三位大師筆下的印度

近日印度發生的慘烈車禍使得世界又對印度矚目，媒體對它的報導聚焦在它的貧民生存狀況，它是世界上貧富懸殊最為巨大的國家之一，也是世界移民潮最洶湧的國家之一，有點才有點錢的人都想方設法跑路，這使得它的問題也成為世界的問題。

二〇〇一年諾貝爾文學獎得主奈波爾的遊記印度三部曲：《幽暗國度》、《印度，受傷的文明》、《印度，百萬叛變的今天》，是最早探索印度問題的巨著。我在微信讀書上重翻它們時，意外地看到另一位諾貝爾文學獎得主、墨西哥作家帕茲（Octavio Paz, 1914-1998，臺譯：奧克塔維奧・帕斯）的印度遊記《在印度的微光中》，原來帕茲與印度有過兩次緣：一九五一年，他曾任墨西哥第一任駐印度大使的助理秘書，一九六二年他第二次派駐印度，這次是當大使，且一當就是六年，直到一九六八年辭職。

於是我同時讀這兩部書。讀著這兩部由不同身份的作家出版於不同年代的印度敘事，我不由得聯想起多年前讀過的英國作家福斯特（E. M. Forster 1879-1970）的 A Passage to India）的《印度之行》）那是我讀的第一本英文原著小說（當時找不到中文本），讀得很吃力，可是因為故事情節非常抓人，還是很快讀完。

福斯特寫作這本書的時間是一九二四年。那時印度還是英國的殖民地，印度爭取獨立運動還在萌芽階段。這使得人們主要從社會政治的角度來評價這部小說，把對它的理解界定在「人道主義」立場這樣一個表面層次。事實上，無論從人性的角度，還是從小說美學的角度來看，這本書都還有極大的探討空間。

故事表面上的主線是印度醫生阿齊茲與英國女子阿德拉之間的一場訴訟糾葛。這場糾葛激起了當地印度人積蓄已久的反英情緒，幾乎成為一場暴亂的引線。然而故事還有一條潛在線索，依我看，這才是小說真正的主線。這就是阿齊茲與英國學者菲爾丁的友誼。這場友誼從締結到破裂、到重修的過程，描畫出了英國與印度這兩個民族文化心理糾葛的心電圖。不止是宗主國與殖民地的衝突，也不止是先進國家與落後國家的衝突，這部小說的深度在於，它是從人性、進而從人類生存困境的角度來看待這場悲劇的。

阿齊茲友善而真誠，菲爾丁也友善而真誠，阿德拉更是友善而真誠，她甚至因正直善良而不惜讓自己處於眾叛親離的境地，然而她與阿齊茲的友誼，以及菲爾丁與阿齊茲的友誼，最後都避免不了恩斷義絕。原因一言難盡。可以說是來自一種心理的缺失，而他們的心理缺失，可以說是這兩個民族心理缺失的縮寫。

小說結尾是意味深長的：阿齊茲與菲爾丁雖然盡釋前嫌，但他們再也無法成為朋友，因為「那些馬不同意，牠們朝兩個方向分馳；大地不同意，山岩使得他們必須單獨通過；還有那些廟宇，那水池，那監獄，那宮闕，那鳥兒，那腐屍，那客舍，都一齊來表達它們的觀點。」

如果說福斯特對這兩個民族能否徹底和解的悲觀意識還有點朦朧的話，那麼，在奈保爾分別出版於一九六四年、一九七七和一九九零年的印度三部曲中，這悲觀意識便很明顯了。

身為祖籍印度的千里達裔英籍作家，奈保爾複雜的印度情結，使得他在六十年代、七十年代和九十年代三次旅居印度，尤其是第一次，他在一個小鎮上找了間客店住了四個多月，期間還有過一次朝聖之旅。不無尋根的動機，他與許多當地人近距離接觸，使得他無論在寫作心態上，還是在客觀條件上，都有別於帕茲，不只是過客，也不甘於捕捉浮光掠影，這部巨著裡的人物長廊，以故事和細節，圖像和聲音，場景和環境，眾聲喧嘩地展現了印度的文化史和心靈史。

既非印度人，亦無法成為地道英國人的奈保爾，心靈深處卻與這兩個國家都有割捨不了的親緣關係。他熱愛英國，攻擊他的英國控的人說他「只恨自己皮膚不能變白」，但他一生都無法擺脫印度情意結，他對印度的愛恨交纏，超脫出歷史的冷峻，流溢著行吟詩人般的激情。然而最後，他還是嘆息：

「我和印度的距離遠得讓我不屬於它。我知道種種儀式，卻無法參與其中；我聽著印度語言，但只理解較簡單的字眼。不過，我跟它近得讓我可以了解其人民的激情，近得可以感覺到自己的命運和這個國家人民的命運連在一起。但我幻想中、我心中的印度已消失不可回復。」

通過這套巨著，他使我們看到一個孤獨的遊子，徘徊在他祖先古老文化的遺跡之中，不是憑弔，亦非追尋，跟帕茲那種旁觀者的角度相比，他的立足點接近得多也紮實得多；他把半個世紀前福斯特以虛構的形式表達出來的困擾現實化了。減少了帕茲詩人式的優雅，欠缺了福斯特紳士式的含蓄，不過也正因此而絲絲入扣，咄咄逼人。

比較起來，我還是更喜歡奈保爾的這種尖刻。當激情來自於血緣親情，常常是無法保持優雅與含蓄的。不過不管怎麼說，拋開個人喜好，從三部書的三個角度看過去，我們看到的是一個更為真實更為全面的印度。

《暮色將盡》：臨老變身大作家

這是一本書的名字，讀到它時我對作者戴安娜・阿西爾（Diana Asthill）一無所知，只是看到簡介說它是這位英國女子感到自己行將謝世時寫的一本長篇散文，這才開讀，而一讀就無法釋卷。

這真是一本充滿了智慧的書，尤其對老人來說。一個人活到這麼大年紀，還能保持如此睿智的頭腦，並且用如此精煉優美的文筆將所思所感表述出來，太難能可貴了。

其實阿西爾絕非等閒之輩，她是二十世紀最傑出的英國編輯之一。在五十多年的編輯生涯中，發掘和編發了無數好書，其中不乏奈保爾、西蒙・波伏娃、菲利普・羅斯、瑪格麗特・阿特伍德等名家名作。浸淫在歐美文化精英圈子裡，她真是「談笑有鴻儒，往來無白丁」，如此的投入，以致埋沒了自己的寫作才能。

直到七十六歲，有一天，她感覺開車上班變成了一件難事，從停車場到辦公室的十五分鐘步行，原先對她是一種享受，現在卻感疲憊不堪。兩腳不聽使喚，必須小心翼翼以防跌倒。她只好退休回家。

於是她面臨所有退休老人都會面臨的問題：如何讓自己剩下的年月過得充實快樂？

她一生未婚，熱戀兩次都以失戀告終，而追求完美的天性讓她不能勉強自己進入湊合著過的婚姻。她不善為自己爭取權益，一直拿著一份低工資，辛勤工作這麼多年，除了一套棲身小屋，毫無積蓄。所以在她變身作家的動機裡，除了以寫作療傷之外，未必沒有經濟上的考慮。

不管怎樣，據她自己說，投身寫作事出偶然。一天，她百無聊賴之中打開一個抽屜，發現了兩頁紙，那是她十多年前打算寫的一篇小說的開頭：

「我就讀了起來，」阿西爾回憶道，「我想，也許我能為這兩頁作點甚麼。第二天把紙放進打字機，『嗖』地一下，我的第一本書《長書當訴》就此開始。」

就這樣，這位大編輯年近八十歲時變身為一位大作家。

《暮色將盡》是阿西爾的第N本書，這年她已八十九歲，「雙腿已精疲力盡，走路很少能超過一百碼了。最初只是腳痛，因為我的腳底板變得越來越薄，病因很簡單，可無法治癒。到後來每走一步，我可憐的老骨頭就像直接磨在地上，這必將導致走路姿勢不對，因此膝蓋受到了影響，然後是髖關節……」

如果說之前她已多次看到死亡的掠影，那現在她聽見了死神的腳步聲。她於是想要寫一本臨終告白，把自己對於生命、老年、病痛、死亡、朋友、情人、乃至於性愛的體驗和感受如實道來。

這位從五歲起就渴望愛情，甚至還暗戀上了一個小男孩的女子，一生中有過多個情人，為之迷戀，為之心碎，而那些戀情最後都隨風飄逝，回首往事時她已是一個連保姆都請不起的孤寡老人，可是因為天性樂觀博聞廣見，寫成的卻是一本趣味盎然的書，中文譯者說她「文字幽默又極坦誠，常常令人心頭一顫，又不由露出會心的笑」，決非廣告詞式的陳詞濫調。

我讀這本書常常為之心顫的是作者豁達灑脫的人生態度，不僅對好友親朋，對她愛過的人、愛過她的人、甚至傷害過她的人，她都給予體諒和寬容。如她書中所言：「一本講老年的書不一定要以嗚咽收場，當然也不可能鑼鼓喧天。」所以才能「在這個年紀回看自己的一生，卻令人驚異地寬闊無比，能容下許多相互對立的不同人事的側面。」

是的，年老並不只是意味著領取社會福利金和等著別人給自己讓座，還可以優雅地坐在這接近終點的位置，把自己一路走來的酸甜苦辣娓娓道來，只要你態度夠真誠，語言夠生動，聽眾還真多呢！這本書暢銷歐美，還得了一項大獎，應屬實至名歸。

馬斯克、貝佐斯、札克伯爾都喜歡的作家

《遊戲玩家》是一本科幻小說的書名。也許比《銀河系搭車客指南》更厲害，不僅啟動過馬斯克的玄思妙想，貝佐斯也曾聲稱：作者伊恩．班克斯（Iain M. Banks）「是我個人的最愛」，他的亞馬遜公司要把包括這本書在內的太空歌劇系列改編成電視劇（也許已經改編了）。也可以說是英雄所見略同吧，Facebook 那位神童創始人札克伯爾（Mark Zuckerberg，臺譯：祖克柏）也是班克斯的書迷，以至公司為其員工開列推薦書目時，班克斯的《遊戲玩家》名列前茅。

我最先讀到的伊恩．班克斯作品卻是他純文學小說《捕蜂器》，一下子就被雷倒。嗨，這哥們也太叫同行們絕望了，他一出手，大家都只好低頭。那收放自如的想像力，那行雲流水的走筆，那乾淨利落的敘事。寥寥幾筆，人物就妥妥地立在那兒了，讓人過目不忘。

可把這部小說看完，我有點不以為然了。人物們也太邪惡了吧？雖說我不認為小說定必要有教育意義，可也不能認同誨淫誨盜。嗯，也許用這話來形容《捕蜂器》有點過份。但它實在讓人讀來不寒而慄。主人公一家三口，父親和其兩個兒子，一個比一個冷血，一個比一個暴力，心腸一個比一個陰毒。雖說各有其根由，手段卻都毒辣得令我不敢逼視。如果說作

者是想從負面表現他對人類命運的擔憂，我覺得效果適得其反，恐怖份子們的道理倒是得到了彰顯。

不過，還沒等我把這部小說琢磨透，班克斯卻改弦易張，寫科幻小說了。從一九八七年到二零一三年去世，他創作了一系列太空小說，《遊戲玩家》就是其中第一本。一鳴驚人，反響巨大。而八十年代正是高科技巨頭們瘋長的年代，從比爾・蓋茲到馬斯克，皆從老班奇特的想像力中得到過啟發。

在《遊戲玩家》裡，老班似乎是從正面來思考人類前途命運了。他創造了一個名之為「文明」的虛擬世界。看去是個美好得不得了的烏托邦，那裡沒有物欲，沒有犯罪，生活的目的就是「好玩」。人人都享樂至上，隨心所欲，一切煩心事都有機器人為之打理。

那麼，世界大同了嗎？人類從此過上無憂無慮的幸福生活了嗎？沒有。你會看到，現代社會的全部弊病都在那個虛擬世界呈現，只不過場景擴展到了太空。主角們都是遊戲玩家，個個技高人膽大，但卻沒心沒肺無情無義。也許讓他們表現出這副德性，並非作者初衷，但是讀著這本書我真的這種感覺頻生。只能暗自祈願：高科技巨頭們只是從想象力的張揚方面接受了老班影響的。

讀完這本書，我對純文學小說又有了信心。就像一個誤入冷酷異境的人想趕緊重見青山綠水，我忙抓過手邊這本狄更斯的《遠大前程》狂讀。這小說我讀過多遍了，再讀還是這麼如痴如醉，依然為那些我早已對其命運瞭若指掌的人物牽腸掛肚，依然為小匹普的不幸揪心，讀到他和他那可憐的恩主生離死別的章節，依然淚奔。

好吧！我祝那些張羅著去火星去太空的人們好運，並慶幸自己的人生終點已經在望，用不著為得到太空船上一個位置鑽營了。套用瞿秋白遺書《多餘的話》結尾辭就是：「地球上的咖啡是很好喝的，尤其是加了肉桂粉的那種。」

道格拉斯・亞當斯：啓示過馬斯克的科幻作家

活到我這把年紀，就喜歡看那種輕鬆可樂的書。時日無多，就別為這個悲慘世界而煩惱了。俗話說得好，笑一笑，十年少。

英國人道格拉斯・亞當斯（Douglas Noël Adams）的《銀河系搭車客指南》就是這種輕鬆好笑的書。

正如書名所提示的，這是一本科幻小說。

我不喜歡看科幻小說，之所以想到要看這本書，是因為有人說這曾是馬斯克最愛看的書之一。這位宣稱要在地球毀滅之前把地球人送上火星、打造了特斯拉、讓自己從一名鍋爐工變成世界首富的鋼鐵俠，從中得到過甚麼啟示呢？值此老是為買還是賣特斯拉股票糾結之時，說不定能從這本書中找出些許提示，也未可知。

很好看的一本書。

對於我來說，首先驚艷的是亞當斯那無微不至的幽默感，大至宇宙，小至家門口的爛泥地，無不被他調侃得令你發出會心微笑。再加上他那瘋狂的想像力。簡直令人難以相信此書寫作於一九七九年，作者當時只有二十多歲，足跡沒出過歐洲。

對於經歷過家園被強拆事件的人們來說，這本書講的不是科幻故事而是現實。不過，既然地球的毀滅也只是一起太空強拆事件所致，那麼相比之下，你家的強拆事件算得了甚麼呢？不聞「天地者萬物之逆旅」乎？

對於那些自以為天之驕子的強人、狂人、和超人來說，這本書給他們提供了浮想聯翩的啟示：說不定甚麼地方真的有那麼一本太空漫遊指南，供咱們地球人在遭遇宇宙劫難時逃出生天呢？既然這本書把它描述得這麼如幻如真。

讀完這本書，我上街時便忍不住東張西望，打量著誰像那名懷揣著一本《銀河系搭車客指南》誤闖地球的外星來客。不過，跟書裡那名幸運兒相反，我祈禱的是：千萬別讓那名外星人找我作朋友哦！我可不想在地球毀滅之後獨自存活，跟一些奇形怪狀的外星生物一起在太空流浪。

聶魯達的岐路

「有些作家沒獲得諾貝爾文學獎，不是他失去了這個獎，而是這個獎失去了他。比如聶魯達（Pablo Neruda），當他多年被陪跑時，大家都為這個獎遺憾，當他終於得到這個獎時，大家都說太晚了，現在不是他因這個獎而增光，而是這個獎因他生色。」

這是多年前我談聶魯達的一篇文章觀點，今天回看，自感幼稚甚或淺薄。

如果聶魯達是那個十九歲就出版《二十首情歌和一首絕望的歌》的天才詩人，或是那個三十多歲寫了《大地上的居所》的抒情歌者，這個獎也許早就頒給他了。但他還寫了《獻給斯大林的情歌》、《獻給斯大林的新情歌》，以及一堆的詩歌讚頌斯大林，時間正在烏克蘭大饑荒和蘇聯兩次大清洗運動的前後。聶魯達的詩人同行們在那一場接一場的迫害中被捕、被殺、或自殺，他卻被暴君奉為座上客，便只看到紅場上歡呼的遊行隊列，為之歌功頌德。

也許他被蒙騙了，畢竟那是個最善於蠱惑人心的政府。但一九五六年赫魯曉夫政治報告將斯大林罪行公之於世之後，連另一個愛上斯大林的文人薩特都改口了。而索爾仁尼琴也寫出了揭露蘇聯暴政的一系列作品，帕斯捷爾納克也出版了《日瓦戈醫生》，聶魯達卻依然稱讚斯大林「是一個善良的人、有原則的人，像隱士一樣清醒，是俄國革命的一個泰坦式保衛者。」這就簡直達到腦殘粉的級別了。

後來連斯大林的女兒也叛逃了，還出版了兩本書講述她親歷的克里姆林宮恐怖歲月，而布拉格之春被血腥鎮壓再次令文明世界震驚。聶魯達才開始反思。不過還是時有腦殘之舉，比如變成卡斯特羅的朋友，為古巴革命大唱讚歌。

所以我現在想想，諾貝爾文學獎一九七一年才頒給他，其實蠻有道理的。只要看看從一九五零年到一九七一年之間的那些得主名單，就覺得評獎是公正的：羅素、丘吉爾、海明威、加繆、帕斯捷爾納克、史坦培克、川端康成……而在他前一年得獎的是索爾仁尼琴，就道德勇氣和思想層次來看，這些作家當然應該排在聶魯達前面。其他那些名氣或才氣不如他的得主，至少他們沒為暴政張目。

比較一下跟聶魯達差不多同齡、也親歷了西班牙內戰的奧威爾，我就更覺得聶魯達三觀有問題。他們兩人在那場戰爭中都站在蘇聯支持的西班牙共和軍方面前往參戰。奧威爾始終保持清醒的頭腦，最後幡然醒悟，從共產國際的所作所為，洞察出極權主義本質，寫出了不朽的《動物農莊》和《一九八四》；聶魯達呢，高踞在他大詩人和外交官的寶座上，只看到他想看到的東西，反而一變他抒情歌手的詩風，寫出甚麼「蘇維埃政權，我虛心地向你致敬／讓你那人民的鐵軍高歌猛進」這種爛詩。

如此大才，為甚麼會走上這段岐路呢？我想不是智商不夠，而是情商欠缺吧。他有足夠的智商寫出如下的詩句：

「有那麼多的死者

里卡多・埃利塞爾・內夫塔利・雷耶斯・巴索阿爾托（Ricardo Eliécer Neftalí Reyes Basoalto；1904 - 1973），筆名巴勃羅・聶魯達（Pablo Neruda），智利詩人、外交官，1971 年諾貝爾文學獎得主。《二十首情歌和一首絕望的歌》、《大地上的居所》、《獻給斯大林的情歌》作者

有那麼多被紅日割裂的堤壩
有那麼多碰撞船身的頭顱
有那麼多被熱吻圍封住的手」

那他應該是看到了罪惡和犧牲者的，只是沒有足夠的情商洞察其背景。而且，他自己就是一隻被魔鬼的熱吻圍封住的手。

聶魯達得諾獎兩年後去世了，有人說他是病死的，有人說他是被謀殺的，有人說他因心碎而死。也許，三種因素都有一點吧。

札加耶夫斯基〈去利沃夫〉

這些天關注俄烏戰爭，看見利沃夫又在危難中了。在那亂哄哄的火車站，難民們奔走著，打包，別離，出發……多災多難的利沃夫！可悲可泣的利沃夫！

我是從札加耶夫斯基（Adam Zagajewski）的詩〈去利沃夫〉得知這個地名的。這位堪稱偉大的波蘭詩人，其實是烏克蘭人。他出生於如今屬於烏克蘭的利沃夫。可是一九四五年札加耶夫斯基出生時，利沃夫還屬於波蘭。這個位於波蘭和烏克蘭邊境的中世紀古城，曾經屬於奧地利、波蘭、烏克蘭、德國和蘇聯。近代史上東歐每逢戰亂，利沃夫的國別就要遭到一次改變，而其居民就要遭受一次流離失所的劫難。

二戰結束後，一度被德國佔領的利沃夫，在「雅爾達協議」中被劃歸蘇聯。居民成分複雜的利沃夫人來了一次大換血，一些俄羅斯人遷來了，一些德國人逃走了，波蘭人則被強行遷徙往波蘭。四個月大的札加耶夫斯基在襁褓中被媽媽抱往波蘭一小城。三十年後，他才跟幾位朋友重遊利沃夫。

他很失望，眼前的城市並不是他夢魂縈繫的美麗故鄉，而是一個跟他所住的波蘭小城一樣丑陋破敗的城市，目光所及，皆讓他感到他所熟悉的「充滿了仇恨而絕望的蘇式統治」。

一天晚上，他和一位當地親戚一起吃飯，喝了些伏特加之後，奇妙的事情發生了，三十年來他對這一地方的想像、幻望和思鄉之情呈現於他的頭腦，以詩句的形式噴湧，他立即拿出筆來嗖嗖嗖地記下。於是世界詩歌寶庫又多了一件收藏，這就是被全世界流亡者和移民們奉為聖歌的〈去利沃夫〉。

「從哪個車站
可去利沃夫，不是作夢，在黎明，露珠
掛在行旅箱，特快
列車和子彈頭火車就要問世。匆匆
去利沃夫。白天或黑夜，在九月
或三月，可是，首先要相信，利沃夫仍然存在，」

他用波蘭文寫成。中文譯本有好幾個版本，我也對照了英文譯本。覺得都譯得不錯，至少都以這種支離破碎的句式，保持住了原詩那種匆匆忙忙、上氣不接下氣的節奏。永遠在打包，出發，離開。永遠都是流光掠影，被「沒有憐恤沒有愛意的剪刀、削筆刀、剃刀」，裁剪成破碎的風景。利沃夫像一個永遠在路上的旅人，一個迷失在迴旋曲中的歌者，一個收不了尾的講故事人，追尋著那個能讓聽故事的孩子們安心去睡的句號。

札加耶夫斯基晚年終於結束他三十年的流亡生涯，回到已經成為民主國家的波蘭定居。俄烏戰爭前一年的三月，他在那裡去世。他是幸運的，因為他不會看到利沃夫又在路上了，他詩中那收不了尾的流亡故事又在迴旋：

亞當・扎加耶夫斯基（Adam Zagajewski，1945 - 2021），生於烏克蘭利沃夫，波蘭詩人、小說家、散文家、翻譯家。〈去利沃夫〉作者。

「大教堂顫抖了，人們互相告別
沒有手絹，沒有眼淚，如此乾裂的
嘴，我不會再見到你了，如此多的
死亡，等待著你，為甚麼每個城市都要被弄成
耶路撒冷，每個人都成為猶太人，」
而關鍵問題仍然是：句號在哪裡呢？

沒有國籍的詩人

「流亡乃是自由人失敗的命運。」這句話據說是布羅茨基說的。可我一時找不到出處，總覺得在看不到上下文的情況下，從布羅茨基本人經歷推測，這句話中的「失敗」改為「痛苦」更為貼切。他那極權政府當道的祖國把他當「寄生蟲」驅趕出境，迫使他流亡他鄉。美國接納了他，讓他在那裡得以自由寫作，出版詩集，還拿到諾貝爾文學獎。怎能說失敗呢？

布羅茨基的例子並非孤例。僅在獲得諾貝爾文學獎的作家中，流亡作家就數都數不過來：托馬斯・曼、蒲寧、索爾・貝婁、辛格、索爾仁尼琴、米沃什、馬爾克斯、凱爾特斯、艾利・威瑟爾、高行健……他們被迫離開祖國，在失去自由甚至生命的危險下流亡他鄉。就像安徒生童話裡的那隻夜鶯，天籟之聲只有在自由的土地上才能唱響。

然而，有家難歸有國難回畢竟是痛苦的，這是流亡者為自由付出的代價。此時，我想到的是那位已名列不朽的流亡詩人保羅・策蘭（Paul Celan）。

一九七零年四月，被公認為是二戰後最重要德語詩人的保羅・策蘭在巴黎投河自盡，時年四十九歲。那時他的詩名已傳遍歐美。他的代表作《死亡賦格》被譽為二十世紀的世紀之歌。

然而，保羅・策蘭至死也是一個國籍不明的流亡者。他出生於東歐一個叫作切爾諾維茨的地方。他出生時那地方屬於羅馬尼亞，二戰中被納粹德國佔領。二戰以後則劃歸蘇聯的加盟國烏克蘭。

一九四七年，當東歐共產主義的鐵幕降下，身為一名母語是德語的猶太人，保羅．策蘭經歷過猶太隔離區和納粹集中營。他的父母和許多親友都慘成滅猶集中營的死難者，保羅．策蘭不想再苟活於另一種極權主義統治之下，他選擇離開已成蘇佔區的家鄉，幾經流離，到達維也納。然後定居巴黎。從此以後，除了母語，他沒有故鄉了。

這大概可以解釋為何保羅．策蘭精通包括法語、希伯萊語在內的六七種語言，卻始終用德語寫作。有人指責他不該使用這種殺死自己父母的劊子手的語言。他自己也曾悲嘆：將來翻開我詩集的那隻手，也許就沾著我母親的血。

殺死自己母親的人是講自己母語的人，這很殘酷，但並不罕見。俄國詩人曼德爾施塔姆說過：「殺死我的人只能是我的同類。」也許他當時想說的是「同胞」，只是懾於秘密警察的淫威而閃爍其辭。後來，他果然是被自己的同胞殺死的。

曼德爾施塔姆（Osip Mandelstam）終生都用他的劊子手語言寫作，更別說身為流亡者的策蘭了。母語對他來說，幾乎等同於故鄉。因為故鄉已然變成「妾身難明」的他鄉，連地圖上都找不到了。「切爾諾維茨」這一地名已被改為烏克蘭語的「切爾諾夫策」。終其一生，保羅．策蘭都被困在這種吊詭的兩難之境：一方面他的每一行詩句都與故鄉血脈相聯，一方面他的歌喉只有在自由中才能發聲。

所以他的每一首詩都像天鵝的絕唱，是〈從骨灰甕裡流出的沙〉，是〈最後的旗幟〉，

左｜保羅·策蘭（Paul Celan, 1920 - 1970），法國籍猶太詩人、翻譯家，以德語寫作。代表作有《死亡賦格》。

右｜曼德爾施塔姆（Osip Mandelshtam, 1891 - 1938），俄國猶太裔詩人、評論家。

是〈來自沉默的見證〉：

「針對被騙子所引誘的／其他的耳朵／……那詞終於挺起作證／在只有鎖鏈哐噹作響的時候／向置身於黃金與遺忘之間的／兩者永久親人的黑暗／作證——」

他活著就是為了給曾經目睹的罪惡和犧牲者們作一份見證，讓人類不再重覆那樣的悲劇。當他感到才力耗盡，他就死了。死了也還在墳墓中發出聲音。一個偉大詩人的歌聲不會因他的死亡停止。保羅．策蘭的詩在他死後反而傳播得更廣。單是中文譯本我就看到了三種。而十九年後，一九八九年，他的故鄉烏克蘭終於變成了一個民主國家。他的靈魂可以回家了。

拉美文學爆炸

八十年代是中國當代文學的爆發期，在「傷痕文學」的名目下，老中青作家你方唱罷我登場，掀起了中國新時期文學的一次高潮。有人拿它跟蘇聯的「解凍文學」相比，又有人拿它跟「拉美文學爆炸」相比。我覺得前一比還差不多，至少中蘇兩國體制相同；跟「拉美文學爆炸」相比卻有點牽強。中國和拉丁美洲諸國文化和政治背景都大相徑庭。而最不同的是，拉美文學爆炸的最重要作家都極具獨創性，而且都有強烈的現實關懷，這是中國新時期文學遠遠不及的。諾貝爾文學獎曾頒給五位拉美作家，決非偶然。

五位獲獎作家中有三位小說家。他們不僅是小說巨匠，也是敢於為自由民主發聲的鬥士。危地馬拉的阿斯圖里亞斯（Miguel Ángel Asturias Rosales）是第一位獲諾獎的拉美小說家，人們都說《玉米人》是他獲獎作品，其實他不止以其一部作品獲獎，早有若干力作撐起他的豐富。《總統先生》是他的力作之一。在這部小說中，他塑造了一名暴君的丑陋形象，直接抨擊危地馬拉的軍人獨裁政府。早在青年時代，他就因參加反獨裁的學生起義而流亡國外。他在國外寫作了《危地馬拉傳說》和《總統先生》後一本書一直無法出版。十四年後，危地馬拉的獨裁政府倒台，開始了十年民主時期，這本書才得以在他的祖國出版。

第二位拉美獲獎小說家是哥倫比亞的加西亞・馬爾克斯（Gabriel García Márquez，臺譯：賈西亞・馬奎斯），這位大師不僅在魔幻現實主義手法上繼承了前輩大師的衣缽，也繼承了前輩大師與當政者倒行逆施政策毫不妥協的風範。從青年時代起，他就因在新聞報導中揭露政府的罪行而流亡歐陸，直到二十七年後，他獲了諾獎才得以回國。

流亡期間他在國外發表的小說，多以哥倫比亞腐敗的政治為主題，諸如《枯枝敗葉》、《格蘭特大媽的葬禮》、《上校沒有來信》，乃至《百年孤獨》。尤其《百年孤獨》，簡直是一部哥倫比亞獨裁政治的編年史，有些經典細節，全世界曾在專制暴政下生活的人都似曾相識。例如以下這一景：

> 有三千多人被屠殺的香蕉工人大起義，血流成河的廣場被一場暴雨沖洗乾淨，「政府通過它掌握的一切宣傳工具，把官方的說法在全國反覆宣傳了千百遍，終於讓居民們不得不相信：沒有死人。」唯一的倖存者阿卡迪奧第二跟人回憶起那場流血抗爭，大家都當他痴人說夢。於是他看見：「那場沖洗了血海的雨，下了四年十一個月零兩天，碰上只下毛毛雨，大家就穿上最好的衣服，像久病初癒那樣笑逐顏開，準備慶祝雨過天晴。」

我看到這裡不由得拍案叫絕，太厲害了！太能寫了！哪句是魔幻哪句是現實？你說得清嗎？

馬爾克斯還寫過一本《迷宮中的將軍》，那本書簡直是《總統先生》精彩的重現。你看看小說中那名既高高在上又孤獨至極的獨裁者，比較一下當今那幾名惡名昭著的獨裁者，再不懂文學的人，也會對「典型人物」這一文學術語有了切實體會。

左｜阿斯圖里亞斯（Miguel Ángel Asturias Rosales, 1899 - 1974），瓜地馬拉小說家，著有《玉米人》。

右｜加西亞・馬爾克斯（Gabriel José de la Concordia García Márquez, 1927 - 2014），哥倫比亞文學家，1982 年諾貝爾文學獎得主，《百年孤寂》、《番石榴飄香》的作者

不過，要說最有現實關懷的拉美作家，還當數秘魯小說家巴爾加斯．略薩。略薩（Mario Vargas Llosa，臺譯：尤薩）是三位作家中最年輕的一位，二〇一〇年諾貝爾文學獎得主。依我看，他是三位小說家中作品最多、拿文學獎最多、最特立獨行的一位。從他的成名作《城市與狗》開始，他的作品就與當代政治生活、尤其他祖國的政治生活息息相關，以致於這本書一出版，就被秘魯軍政府查禁。他們在書中故事主要發生地普拉多軍事學校將一千五百本書公開燒燬。政府宣稱這部小說是拿了國外反動勢力的錢出的，「腐化墮落，包藏禍心」、「妄想打擊和瓦解秘魯軍隊的士氣和風紀」。

身在國外的略薩料想他們下一步就會剝奪其國籍，這是他們對付流亡者的殺手鐧，就索性加入了西班牙籍。在他之後出版的小說《酒吧長談》、《綠房子》、《狂人瑪伊塔》等小說中，他還是寫秘魯，而且更加肆無忌憚。八十年代秘魯民主化了之後，他回國直接投入政治活動，甚至組了個政黨參選總統。因不肯放棄西班牙國籍而落敗。勝出者是日裔秘魯人藤森謙也。誰知後來藤森下台，才爆出原來此君也擁有雙重國籍，他秘密擁有其祖邦日本的國籍。

小說家搞政治當然玩不過政客，但這擋不住略薩總是要就國際國內事務發出自己的聲音。秘魯的事他要發聲，國際大事他也要發聲，所以常常惹禍上身。這不，二〇二〇年三月十五日，他在西班牙《國家報》撰文說新冠病毒正在對西班牙造成嚴重禍害，指責中國的專制體制造成了早期對疫情的隱瞞，導致了這場全球性災難。這話自然引起中國政府震怒，在官網上對他發出怒吼。並在淘寶、當當、京東等電商網站把他的作品下架。

前些日子我上去微信讀書一看，嘿，略薩的書怎麼又出來了！好幾本書的讀者推薦值還

略薩（Jorge Mario Pedro Vargas Llosa, 1936 - ），秘魯作家和詩人，是三位作家中最年輕的一位，2010 年諾貝爾文學獎得主。成名作《城市與狗》。

都達至百分之九十以上。難道是漏網之魚？便趕緊把《酒吧長談》拿來再讀一遍。這本書是結構寫實主義的經典之作，和《百年孤獨》一樣，是我每讀都有新收獲的小說教科書。

我的寫作聖經：馬爾克斯《番石榴飄香》

諾貝爾文學獎似乎是個不太吉利的獎，獲獎人中自殺者有之，橫死者有之，就算活到了天年，也往往得獎以後就江郎才盡，再也寫不出好作品了。哥倫比亞作家加西亞 馬爾克斯是其中少見的異數。得獎反而讓他煥發了第二春，傑作一部接一部：《霍亂時期的愛情》、《一件預先張揚的謀殺案》和短篇小說集《異鄉客》……還有那本我曾將之視為寫作聖經的創作談《番石榴飄香》。

我還記得當時在華東師大校園書店買到這本書的欣喜。綠白色封面的一本小書，三聯書店版。時值八十年代後期，那些年月裡，《百年孤獨》是校園裡最時髦的讀物，就連理科生也衝去書店搶購，更別說文科生了。同學之間聊天真的是不讀《百年孤獨》無以言。有一天我在校園碰到系裡一位老教授，他為人誠懇實在，堪為「知之為知之，不知為不知，是知也」的典範。只見他神情有點詭異地把我拉到路邊，輕聲問道：

「你讀了《百年孤獨》嗎？」

「讀了。」

「那你老老實實告訴我，讀完了嗎？」

「沒有。」

「為甚麼？」

「讀不下去。」

他開心地笑了：「總算碰到一個承認自己讀不下去的人了。老實告訴你，我已經努力過三次了，還是讀不下去。不過，他們既是把諾貝爾獎給了他，總有他們的道理吧。所以我正在讀第四遍。」

我沒有他的韌性。讀不下去的書（尤其是小說）就扔一邊。不是我盤子裡的菜不去撿。但《番石榴飄香》我是一口氣讀完的。讀完第一遍時已是午夜。可從不熬夜的我，毫不猶豫地又從頭開始，把讀第一遍時印象最深的段落再讀一遍。

那是一次至今難忘的閱讀。這位小說裡滿是白日見鬼、坐床單昇天、血流成河的大屠殺明天就被人忘光等荒誕情節的小說家，居然宣稱他的小說「沒有一行字不是建立在現實的基礎上。」還說甚麼「虛幻只是粉飾現實的一種工具。」不過最令我震撼的，還是當記者問他具備甚麼條件才能動手寫一本書時，他是這樣回答的：

「別的作家有了一個想法，一種觀念，就能寫出一本書來。我總是先得有一個形象。《禮拜二午睡時刻》我認為是我最好的短篇小說，它是我在一個荒涼的鎮子上看到一個身穿喪服、手打黑傘的女人領著一個也穿喪服的小姑娘在火辣辣的驕陽下奔走之後寫成的。」

這段話顛覆了當時在我心中早成定論的一條準則：文學藝術是為某種觀念某些階級服務和利用的一種工具。

所以那夜當我第一次讀到馬爾克斯以上那段話時，我認為這傢伙肯定是在信口開河，忽悠記者和我們這些傻乎乎只想從大師手裡拿貼士的文學發燒友呢。可當我把《禮拜二午睡時刻》找來讀過，又把這本小說集裡的小說通讀一遍之後，我心中那個從小被植入的準則就動搖、破裂，乃至崩塌了。尤其是集子裡那篇《沒有人給他寫信的上校》。我讀了一遍又一遍，完全被那個五十六年如一日地等待一封來信的上校形象給征服了。也多少明白了作家在《番石溜飄香》中從一個形象開寫小說那段話的真諦。

很多人談到這本書時都說他們印象最深刻的是馬爾克斯談他第一次讀卡夫卡《變形記》的那句話：「小說原來能這麼寫呀。要是能這麼寫，我倒也有興致了。」

可我覺得，對於我們那一代中國作家來說，形式的頓悟是次要的、浮泛的，先鋒派寫作只是曇花一現即是明證。真正艱難的頓悟是觀念的解放。想像的奔放才是小說藝術的第一要素，而想象只能在自由的境地起飛，展翅翱翔。

那些日子裡，在對馬爾克斯作品如饑似渴的「狂讀」裡，我終於認識到，揪住觀念不放也許是哲學家和政治家的法寶，但絕對是小說家的毒葯。當他打算圍繞著某一觀念講述他的故事時，作為一名小說家，他就已經完蛋了。

事實上，《番石榴飄香》這本書說一千道一萬，都在說明一個道理：小說就是被馬爾克斯他姥姥講述得如夢如幻的那個世界。在那個世界裡，現實與虛構之間的界限有意無意地被模糊或虛化，讓我們得以在現實與虛構之間自由地穿梭遊走。虛構以現實為依據，現實在虛構中昇華，從而賦予平俗現實以高深意義。

明白了這一點，我再來讀《百年孤獨》，就一口氣把它讀完了。多年來我不止一次地重讀這本書，每次重讀都能從中發現新東西。

我喜歡的日本作家

不知大家是否注意到，老一輩翻譯巨匠也好，新一代優秀翻譯家也好，都是英、法、俄和西歐語種，好像缺乏日譯巨匠。就算是魯迅那等文豪，從日語譯出的《死魂靈》也慘不忍睹。

我想，日語文學譯者也許有輕敵之嫌，以為日文跟中文比較相近，只要日文夠好就勝任文學翻譯，殊不知近親通婚最易出畸形。以翻譯而言，就是更易有望文生義、想當然耳、近義同義難辨等問題。尤其日語的敬語和含義微妙的感嘆詞，很難以無縫對接的中文表現，往往讓譯文變成缺胳膊少腿或繁瑣累贅的日式中文，怪裡怪氣。

當然，還是有非常優秀的日語譯家。回想起來，日本作家中我偏愛井上靖，便跟翻譯家有關。

八十年代初大陸開放初期，一些大型文學期刊往往開有外國文學專欄。我就是在《漓江》期刊上讀到了井上靖《獵槍》的。那真是一篇交揉了中日文精華的譯作（可惜我忘了那位譯者大名），將日本人婉轉內斂的心理活動和語言特色準確流暢轉達，且將井上靖作品獨特風格：明快的節奏、優雅的文字、憂而不傷的語感等，表現得無微不至。那時我正在學日語，還去找了原著來對照學習。後來甚至試譯了井上靖一個短篇〈驟雨〉，竟然發表了。就更喜歡井上靖了。

夏目漱石反而是我後來才喜歡上的。大概因為讀到他的第一篇作品《從此以後》，譯本便是那種怪怪的日式中文。後來讀了《我是貓》，對夏目漱石的印象便大為改觀。起初好像讀的是曹曼的譯本，開頭是：「我是貓。還沒有名字。」就覺得非常親切接地。其實這也正是夏目漱石敘事語言的特徵，平易近人又詼諧大氣，所以才被譽為國民作家。

我後來又讀了《我是貓》的另一版本，文字就比較生硬拘謹。開頭是：「咱家是貓，名字嘛，還沒有。」那位譯者顯然下了很大功夫，要把原文所用的謙稱「我」準確轉換成中文；奈何中文裡卻難找到可以與之準確匹配的單數第一人稱，只好用了「咱家」，一開頭就給人一種低冷感。其實夏目漱石這部小說的風格很是明朗通達，最初以連載的形式發表在雜誌上，引起熱烈反響，才結集成書。

想起來，我對谷崎潤一郎的認識由反感到驚艷，大抵也跟譯者有關。我讀的第一部谷崎潤一郎作品是他散文集《陰翳禮讚》。大概受到之前中國評論者對他「畸戀」、「虐戀」、「色情」評介的影響吧，先就有抵觸情緒。而我所讀的那一中譯本，文字又有點怪怪的，突顯谷崎潤一郎的清冷與陰鬱，就草草翻閱而已。

及至後來讀到竺家榮所譯《細雪》，也許因為之前讀了她譯的渡邊淳一《失樂園》吧，喜歡她自然流暢的譯筆，一讀，果然跟《細雪》行雲流水般的敘事很是般配，遂一口氣讀完。這才見識到谷崎潤一郎最大師的層面。從頭到尾都不過是那一家四姐妹的談婚論嫁瑣事：一次一次的相親、相親前的準備、相親中的細節、男女方的衣著舉止、以及各人微妙的心理活動，

左上｜井上靖（1907 - 1991）日本小說家與詩人）。《獵槍》作者。

右上｜夏目漱石（1867 - 1916）日本作家。《從此以後》、《我是貓》作者。

右下｜谷崎潤一郎（1886 - 1965），日本著名小說家。《陰翳禮讚》、《細雪》作者。

比奧斯汀更瑣碎，卻缺乏奧斯汀的幽默。

不過谷崎潤一郎有其獨到之處，他文字和描述精緻、細膩、雍容，出手的便是一件精雕細琢的藝術品。很優雅，很日本。看似沒有懸念，其實懸念絲絲點點地埋伏在家長里短的絮叨中，讓讀者難以釋卷。須知，世人對兒女情長的期待跟他們對色情暴力的關注其實一樣強烈，所謂「人間有味是清歡」，只看作家的功力如何。谷崎潤一郎有一種如詩如畫的講故事才能，「尋尋覓覓」地、「過盡千帆皆不是」地、「似花還似非花」地把那鄰家男女的眉間心上事娓娓道來，竟牢牢抓住了萬千讀者的心。

我是一口氣把這本書讀完的，先追情節。第二天，又讀一遍，好仔細琢磨他那藏而不露的文字功力。

我讀川端康成：純美世界與現實關懷

川端康成一九六八年獲諾貝爾文學獎時，我對這名字還一無所知，就別說讀他的小說了。我後來才知道，那是因為他和三島由紀夫等四位日本作家聽說老舍等中國作家慘死，發表聲明抗議中國文革，被中國封殺。

其實在此之前大陸也特不待見他，把他打成唯美主義反動作家，誰還敢譯介他的作品呀。直到八十年代初，大陸才有川端康成小說中譯本陸續出版。我最初讀到的是侍衍的譯本《雪國》。

這本書含〈雪國〉和〈伊豆的舞女〉兩個中篇。川端康成主要是以〈雪國〉、〈古都〉和〈千羽鶴〉獲諾貝爾文學獎的。但當時最打動我的卻是〈伊豆的舞女〉。人們談到川端康成小說時，多是談到他的小說藝術：無微不至地捕捉到細節，並以精雕細琢的文字將其表現出來等等，〈伊豆的舞女〉深深打動我的，卻是它處處流溢的真善美之情，那也許就是川端獲獎感言〈我在美麗的日本〉中一再提到的美之情境吧。

這篇小說通篇沒有一個壞人，那樣的清純，那樣的乾淨，而那對少男少女之間純真美麗的愛情，更將那一切淨化到晶瑩通透，讓剛剛經歷一場野蠻殘暴的浩劫，還正置身於浩劫後的污泥濁水之中的我，又驚又喜又悲。小說結尾時，大學生獨自在船艙裡任由眼淚流淌，「頭腦好像變成了一池泉水，」為那也許一去不返的愛情一滴滴地流著流著，我的眼淚也流了下來。

這回卻不是翻譯的原因了。我後來又讀了葉渭渠的譯本，讀到這裡時，依然淚如泉湧。感動於那淨化靈魂的愛情。那名大學生因為這份愛，努力要成為一個好人，好配得上舞女對他的評價。他是如此之好，就連路人也都發覺到了。臨上船時，五位礦工想找個好人托付一位帶了三個孤女的老婆婆，一下就在人群中找出了他。而他也認真地對待這份托付，一邊為愛傷悲著，一邊還時時記得去看看老婆婆和孤女們怎樣了。

我讀到這裡，不禁想起契訶夫的小說〈帶小狗的女人〉，那名深陷情網的男人，也是因為那份真愛淨化了靈魂。他原來是個庸碌虛榮的好色之徒，打著一份不喜歡的工，擁有一份無愛的婚姻。成天跟一幫狐朋狗友吃吃喝喝混日子。但自從真正愛上了一個人，他才發現自己原先的生活是多麼無聊粗俗，周遭環境又是多麼的愚昧野蠻。他想要自己變得更好，更善良，好配得上那位純真女子對他那一往情深的愛。

這場愛情最後怎樣了呢？小說沒有告訴我們，「他們的愛剛剛開始，」小說是這樣結束的，「那最困難、最複雜的道路才剛剛開始。」

大學生和舞女的愛後來怎麼樣了呢？小說也沒有告訴我們，結尾時我們看到：男孩坐在一條搖曳的夜船上，懷著愛的夢想，一任悲喜交雜的淚水流著，去向遠方。

多年以後，我終於去到了伊豆半島，坐在沿海行駛的 **JR** 急行火車上，大海在左邊，天城

川端康成（1899 - 1972），知名的日本新感覺派作家。1968 年獲諾貝爾文學。《雪國》作者

山在右邊，這是兩位我最喜愛的日本作家描寫過的地方，川端康成和井上靖，他們都在伊豆半島這片美麗的土地上成長。

路邊閃過一個個似曾相識的站牌：根府川、熱海、伊東……下田在哪兒呢？網代在哪兒呢？那邊是河津川嗎？

有幾位作家能讓你一生的夢想就是到他們寫過的地方走一走呢？契訶夫是這樣的作家，川端康成也是這樣的作家。

川端康成的小說是那樣唯美出世，但他作人卻有著強烈的現實關懷。他的《雪國》後面標明的寫作時間是：一九三五年——一九四七年。有些中譯本省略掉了這行字。這日期其實省略不得，因為這正是他強烈現實關懷的痕跡之一。

一九三五年，三十六歲的川端康成在日本文壇已儼成先鋒派領軍人物。〈伊豆的舞女〉一九二六年發表後，他傑作不斷。還有小說被改編成電影。〈雪國〉初稿也完成並連載，還出了單行本並獲獎。可就在這時，他因反對政府侵華戰爭宣布停筆。

日本政府當時是軍國主義專制，跟專制政府對著幹，就別再想拿獎拿獎金當評委了，生命財產都堪虞。德國作家托馬斯·曼都拿到諾獎了，說聲抗議納粹政府虐猶，作品遭封殺，國籍被剝奪。一家人有國難投有家難奔，一把年紀了還要流亡海外，

他的本國同行小林多喜二，雖說小說寫得一般，但大小是個作家。因為反戰，被警察抓捕虐打至死。暴政下，知識分子階層整個淪陷，噤若寒蟬還算是有點操守的，為既得利益賣身投靠為虎作倀者，也不乏其人。川端康成公開聲明封筆冒了多大危險可想而知。而且他果

真直到日本戰敗後變身為民主國家才開寫。所以《雪國》定稿一九四七才完成。

川端康成現實關懷的又一強烈體現，是他一九六六年跟三島由紀夫、石川淳、安部公房聯名發表的抗議文革聲明。那時中國文革爆發不久，聽聞老舍等中國作家被迫害致死，他們立時以這一行動表現其道德義憤。這在左風熾熱的當時日本，也是極大道德承擔之舉。他們從此被中國大陸定性為反動作家，作品遭到封殺，八十年代才解凍。

其實三島由紀夫也是位文學奇才，少年得志，以小說《潮騷》一舉成名，接著連連發表驚世駭俗的《金閣寺》、《假面的告白》、《不道德教育講座》，聲名大振。他藝術上唯美，政治上極右。日本極左分子追隨中國文革發動學潮時，他曾跑去大學跟那些「全共鬥」份子公開辯論，舌戰群魔。川端康成是他恩師，兩人作品風格迥異，但藝術觀政治觀相近，成為忘年摯友。

一九七零年三島由紀夫試圖死諫政府，事敗剖腹自殺，出事後，他的同行好友紛紛趕到現場，川端康成是唯一被准許進去的人，他看到了那慘烈駭人的情景，傷痛嘆道：「該死的是我！」

十七個月後，他也含煤氣管嘴自殺。沒有留下任何遺言。

不記得是哪位英國國王殺死政敵時對他說：「你太好了，不適合這個星球。」我讀川端康成那些精美的小說時，往往會想到他告別人世那一決絕的姿態，心裡便想：他那個至善至美的世界，跟這個太醜太惡的現實世界，也實在是水火不容呀。

「生而爲人，我很抱歉」

《紐約時報》上前日有篇報導講到，地球人口已達八十億，因此有位叫萊斯．奈特的人認為，人類幫助地球的最好方法就是停止生育，「看看我們都對地球作了些甚麼？」奈特說，「我們不是一個好物種。」

這讓我想起太宰治的名言：「生而為人，我很抱歉。」看來，他這話是對地球說的。這位一生演繹著死亡秀的日本作家，終於在三十九歲那年了卻心願，自動退出了地球。

太宰治留下了上百篇小說，數百個人物，千言萬語，其實都可以濃縮為這一句話：「生而為人，我很抱歉。」

年輕時我厭惡太宰治的小說，只讀了他那部名篇《人間失格》的一小半就讀不下去了。你想呀，一個生在富貴之家的公子哥兒，要才有才，要貌有貌，還特有女人緣，每次想死，都有女人自願相陪，卻一天到晚嘮叨著要去死的事兒，多煩人吶！

後來我讀了他一個短篇小說《葉》，那篇小說的引言是超現實主義詩人魏爾倫的一句詩：「上天的眷顧／令我受寵若驚。」

哦，原來他對自己生而為人其實是感恩的呢。便看下去，開頭一段是這樣的：

「我曾想要去死。今天新年，有人送了我一件和服作為禮物。質地是亞麻的，上面織著細細的青灰色條紋。大概是夏天穿的吧，那我還是活到夏天吧。」

我便想，這人的垂死掙扎看來是認真的。就又拿起《人間失格》來讀。這回讀完了。覺得頗有味道。就把他所有的作品都找來瀏覽一遍。雖然還是不太喜歡他，但理解他了。這個從十歲起就為自己的存在而抱歉的文學天才，生存對他來說，一方面一直是個需要為之道歉的沉重負擔；可是另一方面，沒人比他更怕死，所以每次去死都要找人陪。

而且——不知道有人注意到這一點沒有，陪死者都是愛著他的女人，而不是他愛著的女人。

作家寫的作家傳，以前我讀了印象最深者，當推略薩寫馬爾克斯的《殺神者的歷史》。讀了太宰治寫魯迅的《惜別》，我覺得雖然只是個小中篇，但頗有新意。

略薩寫馬爾克斯的那本，嚴格說來不是自傳，而是評傳，兩人是同時代人，又一度是朋友，很難寫得到位。果不其然，他倆後來鬧翻了，我總覺得那本傳記是原因之一。事實上，評論在世的同行是評論人的大忌，你把他寫得比莎士比亞還厲害他也不會認為過甚其辭，但你若提到他一點不足就會讓他耿耿於懷。

太宰治與魯迅也是同時代人，不同的是太宰治寫這本書時，魯迅已然去世，而且畢竟不是同一國的人，不用擔心作者反應。不過太宰治的難處在於，這是一部奉命文學，是拿了政府的資助寫的，很容易寫成宣傳文字。

但太宰治就是太宰治，即使奉命文字也能寫得不同凡響。表面上看起來，這似乎只是以

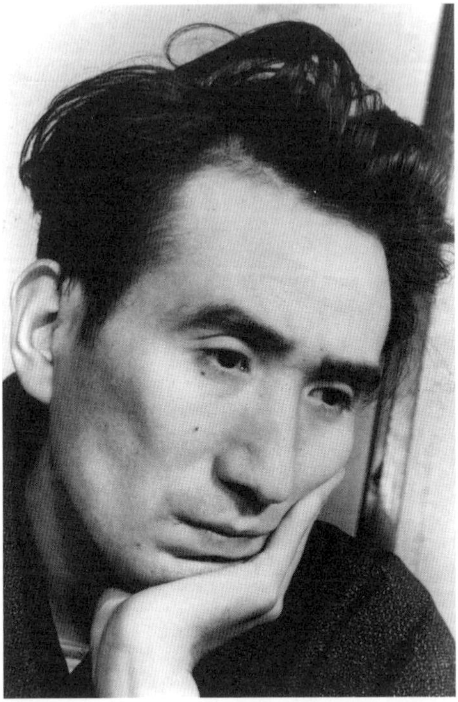

太宰治（1909 - 1948），本名津島修治，日本小說家。《人間失格》作者。

一名虛構的魯迅日本同學回憶為經、以魯迅本人回憶為緯的傳記文學，可即使是我這種熟知魯迅生平和作品的人，讀起來也感覺亮點不斷，妙趣橫生。

《惜別》寫的其實只是魯迅一生的一個片段——魯迅在日本仙台醫專留學的片斷。大多的細節都來自魯迅的散文《藤野先生》，就連書名也來自於藤野先生臨別時送給魯迅的一張相片。然而我在這本書裡讀到的青年魯迅，既熟悉又陌生，既是我們一向認識的那位熱血青年，又是一位需要我們重新認識的、敏感而憂鬱的才子，沒錯，這是太宰治的魯迅。

筒井康隆的一鳴驚人

日本常有令人驚艷的小說，筒井康隆的《文學部唯野教授》就是其中一部。那些掙扎於文學理論課的文學系師生不妨去讀讀它。輕輕鬆鬆的一次閱讀，就可躍出難深晦澀的文學理論苦海，顧盼自雄的話，也可算十八般武藝在身了。

有這等好事嗎？

有。

更有甚者，如果你是個淪落職場的小白領，在險惡的辦公室政治中掙扎求存，苦大仇深，這本書還會給你提供一個發泄之道。就算你沒有筒井康隆的小說之才，無法像他這樣「輕薄為文」出出胸中烏氣，看了他筆下那些可笑可憐可憎可恨人物的各種表演，也能快意恩仇個八九不離十了。

筒井康隆本是一位人氣小說家，尤其在科幻小學方面，在上世紀七八十年代的日本文壇也算是一時之選。他自視甚高，容不得別人對自己作品說三道四，往往還提筆回擊。可文學評論家們滿紙理論新詞，自己若不懂的話，回擊也回不到點子上。IQ值高達一百七十八的筒井康隆豈能被那班傢伙難倒，他於是使勁鑽研文學理論，把那最難纏的甚麼德里達之類連同他們的老祖宗海德格爾都一一拿下，武功高深得完全可以跟那班空頭理論家們叫陣了。

也許是因為他受的氣多來自於那班「學院派評論家」，筒井康隆便發揮自己特長，以小說的形式來闡釋理論，並將這本小說的舞台設定於一間大學文學系，出一出那些文學教授們的洋相。這就有了《文學部唯野教授》這本奇書。

奇的倒不僅僅在於那些人物活靈活現得讓只要在大學混過的人——無論師生——都會發出會意的微笑，而是在於：不同層次的讀者皆可從書中各取所需。想一窺文學理論堂奧者，可以就此登堂入室，讀完之後，就算給大學生開一堂文學理論課也差可應付。事實上，這本小說的章節目錄就是一紙講義大綱：第一課印象批評；第二課新批評；第三課俄羅斯形式主義……第九章後結構主義。

千萬不要被這些青面獠牙的術語嚇退呀！因為更奇妙的是，若你並無闖蕩文學江湖的野心，只是想聽個好聽的故事，也可從開篇第一句話就給那平易近人的文字吸引，欲罷不能。雖說只是大學日常生活的那點兒破事，被天才小說家那支生花妙筆一劃拉，也妙趣橫生得不讓熱門電視連續劇。

更兼小說的述事者唯野教授是個幽默風趣的鬼才，才華橫溢，妙語如珠，既能將難深的文學理論都付笑談中，也能把瑣碎的校園故事戲劇化，而且主角都是道貌岸然的學者教授。象牙之塔原來是紙糊的，一推就倒。倒了之後怎樣？唉，慘不忍睹哦。

難怪這本書當年在日本造成轟動，不僅震動文壇學界，還成為街談巷議的熱門話題。據說大小書店都把它擺放在門口位置以招徠讀者。受到這本小說影響，日本文部省甚至修改了學界的某些遊戲規則。

我納悶的是，這本書早在二〇〇七年就在大陸有中文譯本，怎麼竟未引起一點反響？是咱們的學界比日本更爛，因而見怪不怪，還是咱們的學界早已是一潭死水，因而雷打不動。

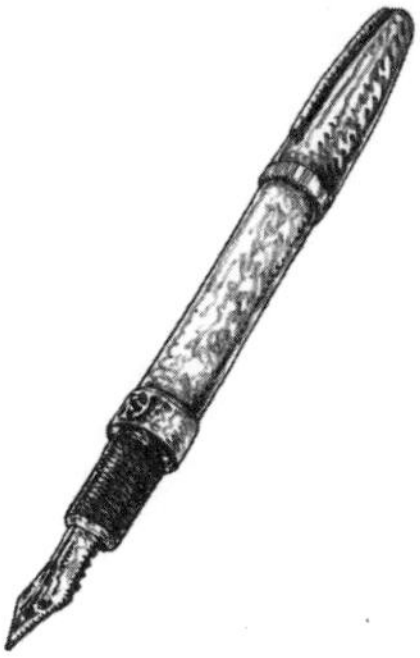

村上春樹最感動我的一本書：《棄貓》

村上春樹二〇二〇年出了一本回憶父親的書，薄薄的，只有兩萬字，有非常可愛的插圖。書名叫《棄貓》。我一度是村上春樹擁躉，讀過他出版的每一本書，甚至因此喜歡上了爵士樂。但比較起來，這本回憶錄最使我感動。

讀村上小說時，我總有種感覺，這人是個跟哪吒似的魔童，出世就能腳踏風火輪滿世界跑吧？因為他小說的主人公幾乎都是那種父母缺席、孤獨面對人生的憤青。

看來，我的感覺還真有幾分對。從這本回憶錄來看，村上春樹雖不像哪吒似的曾脫胎換骨與父親恩斷義絕，但跟父親的關係一直疏離。他當上作家後，父子二人更是「幾乎決裂。有二十多年沒見過彼此一面，沒甚麼大事基本上不會通話，也不會聯繫對方。」要知道，他是個獨生子呀。

直到他父親得了癌症住在醫院，年近花甲的他才跟九十歲的父親達成和解。這時他才意識到：「雖然我們的思維方式和對世界的看法不同，但牽扯著我們的那種類似緣分的東西，毫無疑問作用於我心中。」而童年時父親領他去丟棄一隻貓的往事，便是那條牽扯起他連串回憶的線索，扯不斷，理還亂。

之前他已有了要寫父親的打算，還為此去找了不少認識父親的人，想要一一解開多年來堵在心頭的父親謎思。比如父親寫的一些俳句。比如他一直懷疑，父親參加了南京戰役。因為他父親曾服役的那支部隊，正是以最先攻陷南京而揚名日本的步兵第二十聯隊。後來他查到父親入伍時間是一九三八年八月，而南京大屠殺發生在一九三七年十二月，「聽聞這一事實，我一下子鬆了口氣，有種卸去心頭大石之感。」他在書中這樣寫道。

於是，童年時父子親密相處的往事一件件回到心頭。從棄貓的故事開始，他漸漸從父親那似乎拒人於千里之外的背影，探索到父親生逢亂世不得不「肩負那個不幸至極的時代微不足道一角」的內心痛楚。

跟著他想起的，是那個每天清早一起床就對著佛像長時間誦經的父親形象。父親曾經告訴他，誦經「是為了死在之前那次戰爭中的人們、以及死在戰場上的戰友。」

這也成了他們父子間的心結之一嗎？他書中沒有明說。但從他追根溯源去了解父親從小到大的成長經歷來看，他是在努力走近那個已在彼岸的父親的。他小說中一直告缺的父親角色，在這本薄薄的小書中以一種動人心魄的方式呈現出來了，既歷史又文學，既有共性又有個性。

我不禁想，假如村上春樹的書迷們明年要組諾貝爾文學獎啦啦隊的話，我也會跟著喊上一嗓子：「村上春樹！村上春樹！」

米沃什：堅持發出自己的聲音

波蘭詩人米沃什（Czesław Miłosz）一九八〇年獲諾貝爾文學獎時，已經七十歲了。在此之前他雖然已經發表了他的大部分作品，但仍然默默無聞。即使在他任教的加州大學伯克利分校，也是個小院系的小角色。有一次他去斯坦福大學參加一次文學聚餐，坐在他旁邊的是一位交際頗活躍的女士，她問他是寫甚麼的，米沃什說：「我寫詩。」「哦，現在人人都寫詩。」那女士不屑地說。

這一半因為他一直用波蘭文寫作，作品一直到六十多歲才有英文版。一半因為他堅持反極權主義的思想色彩。四十歲那年，他在波蘭駐巴黎領事館外交官任上要求政治避難。當時巴黎文化圈完全是左翼知識分子的天下，以薩特為首的一班文化人愛上了共產主義和斯大林。許多年之後，米沃什對記者憶述：「像我這樣來自東歐的流亡者，都被認為是瘋子或美國的代理人。」「我知道蘇聯和我們那裡發生了甚麼事，但西方世界不相信，他們還要等索爾仁尼琴寫出《古拉格群島》才知道。」

米沃什卻堅持發出自己的聲音，後來讓他得到諾貝爾文學獎的隨筆集《被禁錮的思想》，就是在巴黎寫作的。這本書探討極權主義的危險，並刻劃了一系列被極權主義誘惑的朋友們的肖像。這樣的書自然讓翻譯者望而卻步。更沒有出版社願意出版。他們害怕遭到排斥。要知道，就連拿到諾貝爾文學獎的加繆，也因為在一篇文章裡提到蘇聯存在集中營，就遭到薩特和他那班人的圍攻。

在這種情況下，米沃什只好移居美國。這時他已年過五十。一切要從頭開始。然而他還是堅持寫作自己的良知讓自己寫的東西，甚至堅持使用波蘭文，因為「在使用我的母語時，我對語言的把握是最出色的。」這些波蘭文詩集必須被偷運到波蘭才能有讀者，所以他幾乎是在自言自語。後來他對記者承認，那十幾年伯克利歲月的確是他最艱難的歲月。還好他在巴黎和波蘭有幾個好朋友，他們是他堅定的讀者。他感慨地說：「那時，收到朋友的來信是唯一讓我堅持下去的力量。」

一九七三年，米沃什的精選詩集才得以以英語出版。隨即引起極大反響，令他聲名鵲起。而與此同時，他的祖國波蘭也開始響起反抗的聲音，由瓦文薩領導的波蘭團結工會崛起，終於引致東歐社會主義政權的相繼垮台。

一九九二年，米沃什終於在流亡五十二年之後，第一次回到家鄉立陶宛。如今，他的詩被印在紐約城市交通運輸系統的海報上，也被刻在波蘭格但斯克他的紀念碑上。我不知道他們刻的是哪一首，以我讀過的來說，記憶最為深刻的是這幾句：

「你因夢想而在這世上受苦
就像一條河流
因雲和樹的倒影不是雲和樹而受苦

…………
現在，你終於看到你的幻影了
眼淚，眼淚
但是，我們後來才哭，在光天化日之下，決不在那個時候。」

古爾納的天堂信息

英國的土壤好像特別適合文學成長，遠的不說，近的就有文壇移民三雄拉什迪、奈保爾、和石黑一雄。他們青少年時代分別從印度、千里達和日本移民英國，在英國接受高等教育，成為文學巨匠。近日讀二〇二一年諾貝爾文學獎得主阿卜杜勒拉扎克．古爾納（Abdulrazak Gurnah，臺譯：阿卜杜勒－拉扎克．古納）小說，驚艷之餘，心想這位非裔英籍作家其實應當名列英國文壇移民第四雄。

古爾納跟所有的移民作家一樣，身分模糊，得獎時人們有的強調他的非洲裔身份，有的強調他的英國教授身份，道出的都只是部分事實。而這也正是古爾納小說不變的主題：一名「妾身未明」的非裔移民如何在這茫茫人世中尋找他心目中的天堂。

我讀他小說《天堂》（Paradise）的感覺卻是：天堂甚麼樣依然朦朧；但地獄是甚麼樣，我們大致已看到了。

同樣來自於一個窺不見天堂窺得見地獄的地方，同樣是移民，我對他的小說因而產生了濃厚興趣：也許他會在他其他小說中給出有關天堂的信息呢？畢竟，《天堂》只是他的早期作品。

然而另一方面，遊客也可以看到人間地獄般的古跡，在石頭城，這個當初桑給巴爾蘇丹的城池，有奴隸賣賣市場和奴隸居停所的遺址，這裡是世界上最後一個奴隸交易市場。十六世紀葡萄牙人來到這裡，他們跟蘇丹裡應外合，把土著黑人賣往南北美洲。寫下了人類歷史上最黑暗的篇章。古爾納就在這地方出生、長大、中學畢業。

有些中國大陸讀者讀了《天堂》之後抱怨：看不懂作者要說甚麼？那名被他父母賣給商人抵債的小主人公，在受夠了故國的種種苦難之後，竟然跟在一支德國殖民軍隊伍後面出走。這倒底是說他奔天堂去了呢，還是說他背棄了故國？畢竟，他的故國除了髒亂差，也還有一座讓他一度流連忘返的美麗花園。

這種脫出了官方意識形態敘事模式的故事，在「亞非拉人民要解放」的反帝反殖教育下成長的一代人，當然看不懂。要理解不能歸置於任何政治體系的古爾納小說，不但需要具備基本歷史常識，還要擁有開放的心態。他那些看似明白如話、娓娓道來的故事，既不能把它解讀為「後殖民主義」，也不能把它解讀為「去殖民化」，更不能把它解讀為反殖民主義。因為作者只是文學地講述他所觀看到、甚至親身經歷的故國故事。而所謂文學，不就是去除了國別、族別、宗教政治差別的客觀敘事嗎？它表現的不是一地一族一國的苦難，而是人類普遍生存困境。

所以不同身份、不同信仰、不同民族膚色的人，都可以借助這位非裔英國作家的視角觀照自己的人生故事，只是各人的地理歷史環境不同而已。

古爾納跟奈保爾一樣，青年時代才前往英國上大學。這是他們的幸運，也是他們的不幸。幸運的是他們從此進入一個成熟的自由民主社會，有了施展個人天賦的廣闊空間；不幸的是夢魘般的往事揮之不去，成為他們必須以某種方式卸下的重負。

古爾納說他年青時並未想到要寫小說，他想成為一名學者。在寫作關於後殖民主義的博士論文時，他情不自禁地寫下了他的往事回憶。這一副產品就是他的處女作小說：《離別的記憶》（Memory of Departure）。借助這部小說，他一方面揮別過去，一方面展望未來。從此便一發不可收，連連出版了多部小說。

像每個漂泊異鄉的移民者一樣，他已然明白：異國他鄉雖然好過故國，但也並非天堂。他於是用另一種目光考量那個他逃離的地方。閱歷漸多，學養愈深，他的目光也越來越開闊深遠。我讀了他多部小說，欣喜地發現，把他歷年來寫作的十多本小說的書名連綴起來，正好體現了他這種由淺入深、由近到遠的人生思考：

《離別的記憶》—《朝聖者之路》—《天堂》—《讚美沉默》—《海邊》—《遺棄》—《最後的禮物》—《燦心》—《來世》。

主人公的名姓不同，演繹出來的故事不同，但有一點卻是共同的，他們都是來自於非洲的移民，遍體鱗傷浪跡天涯地追尋天堂信息而不可得。從希望到失望，從失望到希望，至死不休。

這些小說中，我最喜歡的一部是《燦心》（Cravel Heart），這不僅是因為古爾納的小說技藝至此已臻化境，更因為整部小說行雲流水般的敘事語調，當你聽到一個如此悲傷的故事被如此心平氣和地講述出來，大白的真相就不那麼震撼了，震撼的倒是真相前後左右流露出來的日常生活。

作家沒有祖國

有人（好像是納博科夫）說過，一本好小說的標誌之一是，它至少能給你留下一兩個久久難忘的細節、對話、場景、或者妙言雋語。英國作家愛麗絲・默多（Iris Murdoch，臺譯：艾瑞斯・梅鐸）《大海，大海》這本小說給我留下最深記憶的，卻是其中一個人物關於他的祖國愛爾蘭的議論。

在痛罵他那給他戴了綠帽的妻子之後，他痛罵愛爾蘭：

「愛爾蘭！又是另一個賤人。老天，愛爾蘭人都是蠢材！就像普希金形容波蘭一樣，愛爾蘭的歷史是場災難，也活該是場災難。但至少波蘭人會以悲壯面對災難，猶太人會以叡智面對災難。愛爾蘭人面對災難時是甚麼態度？愚蠢，就像一頭陷在泥沼裡只知哞哞叫的笨牛。我不知道英國人怎麼能受得了那個島……我生於愛爾蘭，呼吸它的空氣長大，但只有天知道我有多恨它。我寧可自己是該死的蘇格蘭佬，這足以說明當愛爾蘭人是多麼令人作嘔的事。」

相信這段話置換主語「愛爾蘭」之後會引起許多人的共鳴，那些千方百計要逃離自己祖國的人，那些漂流在逃亡路上還不知目的地何方的人，那些逃掉了卻一直愛恨交加地遙望著它的人。

愛莉絲．默多克也是愛爾蘭人。我不由得為她揑把汗，這樣痛罵自己的祖國，雖說是借小說人物之口，就不怕被那些愛爾蘭愛國者追殺嗎？當初，喬伊斯在《尤利烏斯》中「詆毀」愛爾蘭委婉得多，還被他的同胞們大加撻伐，嚇得他多年不敢回國，死都不要埋在故鄉。

何況，默多克出版這本書的一九七八年，愛爾蘭共和軍的恐怖襲擊還甚囂塵上，事實上，後記裡她讓她小說那個人物死於愛爾蘭共和軍之手，儘管此人後來滿腔熱忱回愛爾蘭報效祖國了。這說明默多克並非不知心直口快的危險。

默多克自己也是作為一個英國人葬在英國的。正如俄國人納博科夫之葬在端士、蘇聯人布羅茨基之葬在美國、德國人托馬斯．曼葬在離德國只有一步之遙的瑞士蘇黎世，這位說過「我在哪裡哪裡就是德國」的偉大作家，死都要跟那個當初把他趕盡殺絕的故國保持安全距離。

但是，正如他所言，德國活在他的作品裡，因為他所有堪稱偉大的作品寫的都是德國，就像俄羅斯活在納博科夫和布羅茨基的作品裡，愛爾蘭活在喬伊斯的作品裡。愛爾蘭如今第二大節日布魯姆日節，就是為紀念喬伊斯《尤利西斯》而定立的。每年六月十六日，《尤利西斯》主人公布魯姆在都柏林街頭遊蕩的那天，人們化裝成小說中描寫過的各種人物，沿著布魯姆遊蕩過的路線舉行盛大遊行。

馬克思有句名言是：「工人階級沒有祖國。」是的，就「祖國」這一詞匯的深層含意而言，「作家更沒有祖國。」

奧茲《愛與黑暗的故事》

讀過不少記敘家庭悲劇的故事，其中對我產生過最大影響的是俄國作家赫爾岑（Édouard Herzen）的《家庭的悲劇》。我是文革中從地下讀書渠道讀到這本書的，譯者是巴金。時代風雲貫穿在一個家庭的悲劇中，如歌如訴，赫爾岑特有的深藏不露激情加上巴金信達雅兼具的譯筆，讓我體驗到蕩氣迴腸的感覺。

讀猶太作家阿摩司·奧茲（Amos Oz）的《愛與黑暗的故事》，我再次體驗到了那種感覺。奧茲精通英語，卻堅持以希伯來語寫作。這麼小的一個語種，卻產生了那麼大的國際影響力。其作品被譯成了三十多種文字，銷量數以百萬計。

我最初讀到的是他早期小說《我的米海爾》，感覺不錯，但並沒有震撼之感。《愛和黑暗的故事》卻令我眼前一亮。小說一開頭就十分抓人：

「我在樓房最底層一套狹小低矮的居室裡出生，長大。父母睡沙發床，晚上拉開的床從牆這頭攤到牆那頭，幾乎佔滿了他們的整個房間……」

從一個兒童眼中的房間場景起筆，展開這個猶太人三口之家的家庭悲劇，鏡頭一步步地推開，推向院子、鄰家、小街、大街，及至他生長的這座似城非城之地——耶路撒冷。一九三九年，在這個猶太人乃至地球人都墮入血海屍山的年份，他出生在這個交織著人類愛恨情仇的地方。

他家的，他家族的、他的猶太和阿拉伯鄰人們的悲劇，牽扯起整個人類的悲劇，創巨痛深，如此的心酸，如此的悲愴，似曾相識，無可奈何。每個人都很無辜，每個人都很受傷，同時也以自己的傷痛怨憤傷害著別人，而那尋求救贖之路最為迫切的人，往往也是傷害別人最重的人。

這是一部半自傳體小說，即是說除了大多人物的真名被隱去，情節乃至細節都是真人真事。主人公兼講述者的名字是真名，是作家沒成為作家之前的名字。

十一歲那年，一覺醒來，他的美好童年遽然而止，他最愛最依戀的人，他的母親自殺離世，父親因為無法接受這一事實，也在精神上和實質上與他漸離漸遠，身為他們的獨生子，他感到自己被這個世界遺棄，不得不獨自在這世界流浪，而這也正是他的民族的生存困境。

他的童年和少年時代正是以色列建國並陷入戰火的時代，他體驗到這個民族的歷史創傷、夢魘、渴望、以及單戀，「單戀歐洲，或單戀東方，單戀聖經時代的烏托邦，或空想社會主義的烏托邦，或小資產階級的烏托邦。」

但歐洲將他們打殺了出來，東方拒絕接納他們，聖經時代的烏托邦必須跟另一教派的聖經烏托邦分享，因而比烏托邦更烏托邦。至於其他的烏托邦，以色列試圖以基布茲的形式將空想社會主義烏托邦落到實處，然而成功也不是完全的，至少十五歲的孤兒奧茲是失望了。他加入其中，試圖在此擺脫往日噩夢、完成自己的救贖，最終還是選擇退出。

奧茲後來是通過閱讀找到自己的救贖之路的，有一天，當他胡亂讀了許多書，讀到舍伍德・安德森（Sherwood Anderson）的《小鎮畸人》，他迷惘的心豁然開朗，發現拯救自己的

阿摩司．奧茲（Amos Oz, 1939 - 2018），當代以色列文壇傑出作家，具國際影響的希伯來語作家，《愛與黑暗的故事》作者。

方法就是像安德森那樣書寫，寫出自己身邊之事，而不必滿世界去尋找出路，對於他，出路就是那隻寫作之手，「你身在哪裡，哪裡就是世界中心。」

當然，不是每個人都有奧茲那樣的寫作才華，終於成為大作家。但他以自己的故事告訴我們，只要你不肯放棄自己，盡力找到讓自己能夠全情投入的事，那事是寫作也好，烹調也好，教書育人也好，相夫教子也好，都會「你身在哪裡，哪裡就是世界中心。」

野草燒不盡——讀聶紺弩《北荒草》

有些年我每次到書店到圖書館，總留著心，想找一本聶紺弩的舊體詩集，書名叫《三草》。今人寫舊體詩者不少，但在我所讀過的今人詩詞中，難忘者唯毛澤東與聶紺弩。前者之難忘，是紅書紅歌紅海洋的後遺症；後者之難忘，則是藝術溝通心靈的效果。前者使我們流血，後者使我們流淚。

聶紺弩舊體詩寫得那樣好，其寫作的緣起，本身就是一部傳奇。

只上過小學的聶紺弩，成為名作家名編輯全靠自學。而且，雖說他早在三十年代便已以雜文著稱於世，六十歲以前，他除了兒時亂塗過幾首舊體詩之外，對這一古老文學體裁從未涉足。一九五八年大躍進那一年，聶紺弩年過六十，被打成右派流放北大荒勞改。

那年月過來的人都記得，當時甚麼都要放衛星，糧食衛星、鋼鐵衛星、甚而至於詩歌衛星。人人皆詩人，天天要寫詩。寫詩成了一項戰鬥任務，規定每人日交一詩。聶紺弩以待罪勞改之身，更逃不過。他後來回憶道：反正要寫詩，寫新詩不如寫舊詩。寫新詩人家有可能說你不是詩，寫舊詩，只要字數平仄合上，怎麼著也是詩。

聶紺弩便從那時起開始寫舊體詩，一寫而不可收。他當時是放了詩歌衛星的，曾創造過一天寫詩三十二首的紀錄。他是否因此罪減一等？已不可考。但詩壇因而有幸，《三草》中的第一草──《北荒草》便如此應運而生。

《北荒草》寫的都是他的北大荒勞改生活。那些艱難、屈辱、憂憤的感受，佐以幽默之調料，再以七絕、五絕、七律、五律等詩詞格律包裝，端出來之後，那滋味竟是酸甜苦辣辛五味俱全。如此平常的原料，在這位大器晚成的詩人筆下化腐朽為神奇，咀嚼起來竟如此的餘味無窮。

你看他寫挑擔：

「一擔乾坤肩上下，雙懸日月臂東西。汲前古鏡人留影，從後征鴻爪印泥……」

你看他寫推磨：

「春雷隱隱全中國，玉雪霏霏一小樓。把壞心思磨粉碎，到新天地作環遊……」

你看他寫鋤草：

「何處有苗無有草，每回鋤草總傷苗。培苗常恨草相混，鋤草又憐苗太嬌。未見新苗高一尺，來鋤雜草已三遭……」

古老典故與時髦名詞巧妙疊用，令人莞爾之餘，以革命大批判的「照妖鏡」照照，真還可以從中挖出「含沙射影」的惡毒攻擊呢。

我曾想，聶紺弩寫這些文字時，大概並無冒死進言之意，只是文學家的赤子之心未泯，情不自禁露出心底真情。於是更有如下的金句：

「家有姣妻匹夫死，世無好友百身戕，男兒臉刻黃金印，一笑心輕白虎堂，高太尉頭耿魂

聶紺弩（1903 - 1986）中國作家。《北荒草》作者。

夢，酒葫蘆頸繫花槍，天寒歲暮歸何處，湧血成詩噴土牆。（〈林冲〉）」

這就不只調侃了，而且悲憤。何等悲壯的詩魂！何等過人的膽識！又是何等的迴腸蕩氣！今天我在這風雨飄搖的香江邊上，讀這些詩句還為他攢著把汗。劉勰《文心雕龍》云：「斟酌乎質文之間，檃括乎雅俗之際，可與言通變。」似乎可為聶詩一注。

不是嗎？人在「天寒歲暮歸何處」的境況中寫詩，是不會想到名利的，此時「湧血成詩噴土牆」，調侃也好，悲憤也好，皆是真情流露，歪打正著，成就了苗草俱廢赤地千里時代的這一藝術奇葩。

從前慢

有一陣子，木心這個名字幾超明星，他的名詩〈從前慢〉被編成歌來唱，有點文化情懷的人到江浙旅遊，少不了要去烏鎮他故居瞧瞧。我也曾特地去過。漫步那個優雅精緻的庭院，瞻仰庭院主人風度翩翩的遺像，我不禁肅然起敬：真紳士也！

卻木心的詩、文、畫不說，他的一生，便是中國當代藝術家的一部傳奇，一曲悲歌，可歌可泣。

江浙向為書香氣息最濃的地區，明末清初張岱的〈夜航船〉中，謂其「後生小子，無不讀書」是也。而上海更是文人雅士薈萃之地。民國以來的文學藝術家，出自江浙上海者不可勝數。其中跟木心一樣八十年代後被挖掘出來而名聲大噪者，便有張愛玲和無名氏，且都是「牆外開花牆裡香」。

木心是被挖掘出來最晚者，涉及到的藝術門類最多，引起爭論最大，身世最為神秘。用那些對他作品不以為然人士的話來說，「自戀狂」、「不食人間煙火」、「沒有人味」。我是一向主張文學作品要有現實關懷的，對這種譏評卻不敢苟同。

我覺得，木心的「不食人間煙火」，作品和為人處事的高雅孤絕，本身就是一種悲愴的行為藝術，是用筆墨、色彩、音符都難以表述的現實關懷。對那個他忍辱負重倖存下來的、斯文掃地的社會來說，「沒有人味」的表述正是一種與之對抗的現實關懷。

我想起俄裔美國作家納博科夫（Vladimir Nabokov，臺譯：納博可夫）的一段話，他在談到他對故國俄羅斯的哀愁時，一反平時的含蓄深沉，激憤道：「我與蘇維埃政權的舊怨同任何財產問題無關，對於那些只因自己的錢和土地被剝奪而仇恨赤色份子的流亡者，我的鄙視是徹底的。我懷了這麼多年的思鄉病是對失去的童年的一種過度膨脹的感情。」

「失去的童年」與鄙俗的錢財土地相對，所指是他所狂戀的藝術理想，首先便是那以「美妙絕倫的俄羅斯語言」編織的俄羅斯文學。十月革命後，這一文學傳統遭到洗劫，死去的大師遭到批判歪曲，活著的藝術家們更是在劫難逃，盡皆慘遭迫害，成為「殺、關、管、逃份子」。才華橫溢教養有素的納博科夫，雖說逃得了一條生路，浪跡天涯，但為了謀生被迫改用異國他鄉的語言思考和寫作，不堪回首的故國朦朧在了月色中。他的作品出名的高深莫測，不是沒道理的。

就對愛恨交纏的故國患了失語症而言，木心又何嘗不是如此。

陳丹青回憶木心文章中說他「念舊但不懷舊」，忌談往事。二〇〇八年，寓居美國二十六年的木心回鄉定居，陳丹青專程去紐約陪他回來。車過上海，那個他曾生活了三十五年的城市，他卻只住了一夜，哪也不去，誰也沒見。第二天穿越上海去烏縣，他也只是朝窗外淡淡望了一眼，便閉目陷入假寐狀態。此後直至去世，再也沒去過。身為他晚年最親近的弟子，陳丹青說他不明白老師怎麼會這樣。

木心〈從前慢〉。

更別說他當年的上海老友們了，他們大多也是藝術家，曾與他一起度過了六、七十年代最嚴酷的日子，大家私下一起飲酒、吃飯、談天說地。可是他們對木心的回憶都有同樣的詞匯：「神神祕祕」、「深藏不露」。就連當時跟他走得最近的老友也不知道他公開生活的那一面：他何以為生？作甚麼工作？是甚麼身份？大家只依稀知道他坐過兩三次牢，在一個工藝品工廠上班，日子不好過。不過他們見到的永遠是一個衣著講究的翩翩紳士，英氣逼人，才華橫溢，縱情談古論藝，吟詩品畫，卻對自己另一面的生活諱莫如深。

有一天，他一位藝術圈朋友從一間工廠路過，發現路邊飄來陣陣刺鼻臭氣，一看，腳邊有個破衣爛衫的人正伏在陰溝上面清理污泥，他朝那人望望，正碰上那人也正抬身喘息，兩人目光相對，都呆若木雞：那清理陰溝者正是木心！

三十年後，木心在那間工廠的真實遭遇才被揭開。淪落其間的那十二年中，他頭上「五類分子」的帽子有其三：地主、壞份子、現行反革命，滿滿的階級敵人。這位上海數一數二的工藝美術家，每日幹著掏陰溝、洗廁所、清掃廠房的工作。還時不時被揪出來批鬥一番。可是無論日子過得多麼艱辛多麼屈辱。他每天放工都要換上一身乾淨衣服，衣冠楚楚挺胸直背地踱回自己的蝸居之地。他的藝術圈朋友看到的，便總是一位紳士，古風泱泱，西裝骨骨。

士可殺而不可辱，莫此為甚。

我讀到他從地牢中被放出來的情景，尤其為之悲愴。那迫害他的「無產階級專政」以為他遭受到這樣的摧殘，走出牢房的一定是個低頭認罪的牛鬼蛇神，不料看到的仍然是一位紳士，鞋履擦得一塵不染，褲子中縫筆直，乾淨肅穆。原來他用牢房地上的積水擦淨了鞋，捋直了褲線，才走出來。這是何等的風度！需要何等的修為！只有對美的信仰到了超凡入聖地步的人才得擁有。

木心後來拒見那間工廠的任何人，也絕口不提那十二年，在他的詩文和繪畫中，我們只見到「不食人間煙火」般的藝術之美。有人說那是他　卻了個人恩怨，認可了糟踐他的那一種現實，對此一說，我也不敢苟同。

且不說木心散文中還是有回憶他蹲監獄坐水牢的文字的，更不必說木心的遭際絕非「個人恩怨」，那是整個民族、全體藝術家的共同災難。我讀了這麼多中國大陸藝術家的回憶，還沒有看到一人幸免於歷次政治運動之難，包括那跪低到了塵埃裡的郭沫若，也有一妻兩兒死於非命。可見無論左中右藝術家，都在劫難逃。對那一現實的書寫，是劫後餘生者的集體敘事。

木心以他的才華、學養、個性，卻選擇了「此時無聲勝有聲」，因為對那個將真善美趕盡殺絕的社會，他只有「轉過身去，連眼珠也不轉過去」的輕蔑。當友人請他講講上海時，他說：「我跟這地方已經沒有甚麼話講。」

這地方傷透了他的心，已是無語可對，無腸可斷。一九八二年，當他以五十五歲高齡申請赴美「留學」，已然是一種決絕的姿態。而孤身在異國他鄉的他，竭盡餘生所能作的，也只有以他那獨具一格的、絕處逢生的、蒼涼淒美的藝術，向那個假醜惡仍在橫行的世界說一聲「不」。

我在他的詩文繪畫看到的，便處處是這種「剩水殘山無態度，被疎梅料理成風月」的蕭瑟之美，古意西風，在這粗糙野蠻的時代，聆聽這位出污泥而不染的藝術家低吟淺唱著「從前的日色變得慢／車、馬、郵件都慢／一生只夠愛一個人」，恍若隔世。

註／ 關於木心近日在網上被批抄襲事，我寫有一文〈兔死狐悲〉為之一辯。2004年9月2日貼在Facebook我的專欄上。有興趣者煩去翻看。

梅娘竟然活了下來

北京作家史鐵生回憶起他的文學啟蒙者時，提到一位名叫柳青的女子，在他最絕望的日子裡，是柳青引導他走上了寫作之路，史鐵生憶述道：「毫不誇張地地說，她是我寫作的領路人……經由這條路，我的生命才在險些枯萎之際豁然地有了一個方向。」

那是在七十年代中期，柳青當時是北京電影製片廠編劇。出身黑五類的柳青，之所以能夠如此「出類拔萃」，是因她曾在那部五十年代家喻戶曉的電影《祖國的花朵》裡出演小主角之一。那部電影現在也許已沒人記得，但提起它那首插曲〈讓我們蕩起雙槳〉，八〇後以前的人大概都耳熟能詳吧？

柳青的母親梅娘是日偽時期北平紅極一時的作家，據說當時甚至有過「南張北梅」之說，與張愛玲齊名。不過五十年代張愛玲跑去香港之際，本已在台灣的梅娘卻反其道而行之，帶著兩個女兒和還在腹中的小兒子回到了大陸。當時她丈夫在從北平回台灣的路上遭遇海難而死。多年以後，才有內部文件揭示：這位丈夫是中共地下黨員，那次去北平是領取特殊任務，回台灣搞策反的。

不管怎麼說，這丈夫似乎沒把自己的真實身份告訴妻子，妻子只知他一向「追求進步」，在北平時秘密幫助過不少青年學生投奔延安。所以一聽到他的死訊，妻子便決定繼承丈夫遺志，回北京「投奔光明」。

誰知這下掉入了萬丈深淵。那些早已獻身「革命」的知識分子都被不斷修理，何況梅娘有著這麼複雜的歷史，丈夫的紅色歷史死無對證，她的黑色歷史卻有書可對。從肅反運動開始，次次運動她都沒落下：頭上很快就有了三頂帽子：漢奸、特務和右派。被關押到勞改農場多年，好不容易被放回來，以一階級敵人之身，也只能棲身大雜院，靠作建築小工、保姆、和刺繡工養家糊口。更有甚者，三個兒女夭折了兩個。文革中大女兒柳青也一度跟她劃清界線，斷絕來往。

然而她竟活了下來，還在九十年代被發掘，小說集被重新出版，張中行為她寫了序。畢竟，他也跟她一樣在日偽時期寫作過。二〇一六年，她去世三年之後，還有一本她的新書出版，書名《我是一隻草螢》。

我讀過其中一篇〈往事〉，為其老道沉靜的文字驚艷。在我所讀過的文革敘事裡，是風格獨到的一篇。客觀之中有立場，平實之中有文學，將那個荒誕年代的一群荒誕的人刻劃得魔幻又現實：未經歷文革者覺得很魔幻，經歷過文革者覺得很現實。

然而注意到這本書的人卻不多，她的聲名也遠不及張愛玲顯赫。有那梅迷便替她不值，認為是因為她沒有宋淇夫婦和夏志清那樣的高人力推，我看倒也未必。夏志清力推者也不見得個個大紅大紫。還是有被推者其人其作本身的原因在。我沒有讀梅娘很多作品，還說不出根本原因在哪裡，只是依稀感覺：也許是入世太深了一點，她的作品少了張愛玲最佳作品那

孫嘉瑞（1920 - 2013），筆名梅娘。《我是一隻草螢》作者。

種昇華於現實之上的通透。偉大作品應當是俯瞰現實的，張愛玲一旦跟現實平起平坐，也只能寫出《秧歌》那種平俗之作。

羅青：不明飛行物來了

我初次見到羅青先生，是在上海的一位朋友家，人家告訴我，說今晚嘉賓是一位來自台灣的畫家、詩人，在台灣教大學，學問非常好。

那晚賓主約有十來人，但整晚的話語權都被羅先生一人壟斷。總有四五個時辰吧，他一人幾乎唱獨角戲，話題上下古今縱橫中外。我後來才聽聞，早在他「童子何知」的青澀歲月，躬逢高朋滿座的盛會，他也往往談笑風生語驚四座。台北學界和文學界的頂尖人物，亦紛紛引他為座上客，與之談文論道。就別說我們這班烏合之眾了，對他來說，小兒科啦！

我不知道在座者其他人震撼的程度如何，我自己是聽得一愣一愣的，傻掉了。

博爾赫斯（Jorge Luis Borges，臺譯：波赫士）有篇小說叫作〈博聞強記的富內斯〉，主人公擁有過目不忘出口成章的特異功能，不過富內斯乃魔幻小說中人物，眼前這位卻是大活人。最要命的是，他講到的那些書我大都讀過，被他一講，都好像從沒讀過一樣。這才覺悟，所謂「學而思之」和「學而不思」的區別即此吧。

我那時也在大學教書，自忖也算個讀書人，開過無數研討會，聽過無數講座，見識過的名家甚至大師也不少，老實說，很少讓我嘆服的。可那晚聽先生他一夕談，何止嘆服，簡直嘆為超人。我後來讀了他的詩畫集《不明飛行物來了！》，才想到，那種心情準確的表述應該就是那一書名，不明飛行物來了，外星人來了！

那本書的序就像他那晚的出場，平易近人，恬淡沉穩。只見兩張小畫，畫的是幽幽深林，林中有張空椅，旁題一首短詩：

「我的畫
　就像空林中的
　一把椅子
有了焦點
讓雜亂無章的風景
你如果累了
來來
請坐下來
休息一會兒吧」

突爾景觀一變，卻見八張法相奇怪的羅漢，坐立於奇山異石之中，題詩則是：「法相出奇怪無非你我他」。

這又恰似他隨後奇峰突起的劇談，上窮碧落下黃泉，卻都落實在我們千奇百怪的人生中。後來又去他上海的畫室看他的畫，當然又是一番震驚。那時他的畫風已經轉換，大抵到了

羅青哲（1948 -），筆名羅青，生於山東青島，台灣現代詩人及書畫家。《不明飛行物來了！》作者。

他所提倡的以新繪畫語言表現新思想新認知的實驗階段，然而守舊的我，還是更喜歡他那些傳統手法的山水，還忍不住入手一張。

那次觀畫還有個難忘的細節。我先生洪森把他在城隍廟淘得的一幅小畫拿去請他鑑定。羅先生拿在手裡，略微看了看，就從款識、印章、筆法、紙張娓娓道來，推證出這是哪朝哪人的畫，至今還牢記心裡的是他竟把那畫的構圖運筆過程，從哪裡起筆哪裡收筆都解說了出來。

不久後我去溫哥華見到痖弦先生，就問他認識羅青嗎。他道：「何止認識，他的處女作還是我給他發表的。他第一本詩集《吃西瓜的方法》，是我們出版社出版。一炮而紅，得了獎，余光中先生還主動寫了篇長評，評價很高。」

心下雖又是一驚，但還沒到把那本詩集找來拜讀的程度，尤其是聽說那本書已絕了版。

及至有一天，洪森把羅青憶周策縱先生的文章《只許一人知》從電郵傳我，一讀之下，真又吃一大驚，這一驚非同小可。因為前面那些驚都是「驚為天人」性質，畢竟在學識、書畫、詩歌方面我都不通得很。雖也擠身學界，其實是半路出家濫竽充數；至於詩詞書畫，更是一竅不通。散文卻算是我的飯碗，操弄了這許多年，自忖也有些心得，所以這一驚是「驚見地靈」，這人就在我身邊，卻如此的高大上，難以企及。

就又去找了他憶高陽、梁實秋、紀弦、周夢蝶、白先勇的文章拜讀了，越讀越佩服，越讀越驚艷。他寫的這些人固然都是高人，之前我也讀過他們的書和談論他們的書，可是讀了羅青這些記敘他們的文章，就覺得應當把他們的書重讀一遍。並且真的付諸於行動了。這等行動我只曾在讀納博科夫《文學講稿》之後實施過。那時也是把納博科夫書中論到的《包法利夫人》、

《荒凉山莊》、《曼斯菲爾德莊園》等書都重讀一遍。

細讀之下均有深入的心得。尤其羅青的憶人論書文章，比納博科夫更為散文化，往往從日常瑣事起筆，談笑風生之間，閒閒地就漫步到了學術的探討，由其人談到其作，再回到其人，既滿足了讀者的八卦心態，亦帶出他對其作的理解與分析，長了知識，深了思考。

比如他回憶高陽。以前我只讀過高陽的《胡雪巖》，覺得那是通俗文學讀物，草草翻閱而已。然而讀了羅青〈憶高陽〉卷，再讀《胡雪巖》，就讀出了歷史學家的高陽、文學家的高陽、李義山附身的高陽，還有那個呼出了「我就是胡雪巖」的才子高陽。領會到高陽寫了那麼多本書，為何這本最好，因為他在這本書中把自己放進去了，就像也曾喊出「我就是包法利夫人」的福樓拜一樣。雖然高陽在現實商場上無往不敗，跟他筆下那「門檻算盤曲折通透」的胡雪巖正好相反，可他將自己對人生世態的種種體會，寄托到了這個人物身上。正如福樓拜在包法利夫人這個與自己性格人生截然不同的人物身上，寄托了自己對時代社會的體會一樣。我重讀過《胡雪巖》，又回過頭來再讀《懷高陽》，才明白為何兩岸三地這麼多歷史小說作者，只有高陽把歷史小說寫成了歷史，寫成了文學，寫成了一曲家國的哀歌。

羅青憶說他年青時聽白先勇談《紅樓夢》，「目瞪口呆，一時接不上話來，只好跟屁蟲地跟著說：『厲害，厲害，太厲害了！』」我讀了羅青憶人論文的這些篇章，卻是心悅誠服地說：「厲害，厲害，真是太厲害了！」

博聞強記厲害，文筆厲害，構圖厲害，節奏厲害，而最最厲害的，還是貫穿全篇的氣場，曹丕說「文以氣為主」。所謂「氣」者，不唯氣勢，還有氣韻、氣度，靈氣。羅青這些散文，氣勢凌厲，氣韻典雅，氣度溫柔，靈氣逼人。

難怪他二十出頭便已在人材濟濟的台灣詩壇異軍突起，被余光中先生評價為「新現代詩的起點」。之後他雖然將精力放了很多在書畫上，但仍然詩集散文集論文集連連，新作不斷地超越自己，也超越他人，至今看來，在諸多方面都當得起余先生這一評價。

不過，我在拜讀羅青作品時，亦時時發生困惑：人家是「盛名之下，其實難副」，他卻是「傑作滾滾，盛名難隨」。怎麼會這樣呢？

羅青在悼妹羅霈穎《如何學作小妹妹的大哥哥》一書中自我調侃道：「本來一般人是這樣問的：『羅璧玲是誰？』，答案當然是：『噢，羅璧玲是羅青的妹妹！』後來，卻全都變成這樣問：『羅青是誰？』『啊！是羅霈穎的哥哥。』」

可悲的是，去年我在台北就真的聽過如此這般的對話，當我不無得意地告訴一小友我要去跟羅青吃飯，他問：「羅青是誰？」旁邊他的朋友道：「羅霈穎的哥哥。」「噢，」小友這才點頭，「知道了。」

我就想起了漢娜．阿倫特（Hannah Arendt，臺譯：漢娜．鄂蘭）慨嘆本雅明（Walter Benjamin，臺譯：班雅明）的那句話：「歷史就像跑道，有些選手跑得如此之快，輕易就超出了公眾的視線。」

何況是今天這些快餐化了、娛樂化了、弱智化了的公眾。

這時我又想起「不明飛行體來了」，莫非羅青真如他在那本書中所言：

「要命的是

後來你慢慢察覺
自己站的地方
竟有點像喜馬拉雅山聖母峰頂
…………
沉思了千年萬年
也不敢輕舉妄動
你怕你稍稍的一動呵
天地就會立刻傾塌翻覆」
於是我似有所悟：他站得太高，高處不勝寒。

夢裡的翅膀

朋友寄給我四本書，是一位名叫雷雯的已故老詩人作品。我先前在網上看到他弟弟李文熹老師回憶他的文章，對他的人品非常敬佩，現在讀到他的詩和散文，驚訝他的作品也是這樣優秀，那些靈動深沉的短詩，說才氣橫溢絕不過份；而那些寫他當年遭無枉之災給送到勞改農場、差點餓死累死的回憶文章，讀時令我幾度無語哽噎。

那夜，久久不能成眠，後來竟在似睡非睡之中見到雷雯，他的樣貌一時年輕如二三十歲青年，一時又是一位慈眉善目老者，然而，不管年輕年老，那雙睿智的眼睛始終如一，直對著我，直對著這個混混沌沌的大千世界。

我不知道他要對我說甚麼，我也不知道我要對他說甚麼。因為很多在他那個時空不能說不可說的話，現在我們仍然不能說不可說。

我覺得雷雯是我們這時代的悲劇英雄。不過，不是亞里士多德意義上的悲劇英雄，是莎士比亞意義上的悲劇英雄，雖無王族貴胄的高貴出身，卻有大寫之人的高貴品格。即使在那樣的黑暗年代，依然保持自由的精神和獨立思考的勇氣。一如他詩中所吟唱的：

「昨夜
我夢見自己
變成一隻鷹
在遼闊的藍天
翱翔。
醒來
我看著自己的雙手
深深留戀著
夢裡的翅膀。」

第二部
憶傳放題

別鬧了，費曼先生！

費曼（Richard Phillips Feynman）大概是世界上最有名的物理學家了，在美國更是家喻戶曉，因為他不僅是諾貝爾物理學獎得主、參與了原子彈研發、提出納米技術概念等科技方面成就，還出版過兩本妙趣橫生的自傳，《別鬧了，費曼先生》（Surely You're Joking，Mr. Feynman），和《別管人家怎麼說》（What Do You Care What Other People Think?）。

所以我在微信讀書上看到這兩本自傳的合集《費曼經典》（Classic Feynman），就趕緊拿上我書架。果然好看，不過他太天才了，興趣太廣了，涉及的知識面太豐富了，尤其物理學方面，對我來說完全陌生，不可能一口氣讀完。我讀了八小時，十天。因為讀一兩個小時就要努力消化一下。

浮想當然聯翩，說來話長。長話短說，大致歸為以下三點。

一、科學很好玩

費曼從小就好奇心特重，見到不懂的事就一定要弄個明白才罷休，這一方面出自他爸爸的引導，一方面也是他自己有奇才，學甚麼都一學就會。遇到搞不懂的事，就一定要搞個明白才行，這是他一生不斷出成就的動力。

性格外向開朗的他，好動好說話，到哪都以自己的奇思妙想和出格行為引人注目，以至於有位社交沙龍女主人見怪道：「別鬧了，費曼先生！」

其實他不是有意出風頭，而是知識和思想總是遠遠超出他同齡人、乃至同時代人的視線，又天生爽朗熱情，急於表達。他十二三歲就憑興趣讀書自學了初等微積分。上高中時，物理老師發現了他的超前學習，而且因此沾沾自喜，在課堂老插嘴，就給了他一本《高等微積分》，說：「費曼，你太吵了。你看這本書吧！」

他一看，這本書自己還真是看不懂，於是埋頭鑽研，高中就把大學的高等微積分吃透了。更有甚者，這位老師上課時碰到有甚麼問題講解不清，還會向他請教：「費曼你怎麼看？」師生一來一往地當堂對談起來。既啟發了同學，也啟發了費曼自己。多年以後他在講解《費曼物理學講義》的講座上，還特地感謝這位老師。

二十八九歲時，這位樂天派人士也患上了抑鬱症。那時他年輕的愛妻病逝，他參與研制的原子彈造成的毀滅性後果，也讓他心有戚戚，乃至精力渙散，思想停滯。一天，他在學校餐廳見到有人把盤子扔到空中玩，盤子在空中轉，上面的校徽也跟著轉。他的好奇心來了，心想：旋轉和晃動之間有何關係呢？」

於是他列出算式計算，潛心研究起這一現象來。同事問他：「你這研究說明了甚麼呢？」，他說：「不說明甚麼，只是好玩。」

可就像埋頭寫作會讓一位真愛文學的作家榮辱皆忘一樣，這一研究也讓這位天生的科學

理查・菲利普斯・費曼（Richard Phillips Feynman, 1918 - 1988），美國理論物理學家。著有自傳《別鬧了，費曼先生》和《別管人家怎麼說》。

家走出了情緒低谷。他後來告訴人們，讓他後來獲得諾貝爾獎的量子力學成果，就萌芽於那次研究。而且就在那天，他下定決心，今後只研究自己覺得有趣和好玩的東西。

二、你肯定不是教授

費曼已是加州理工學院教授時，參加一次學術會議，與會者都是專家教授。而且大都是社會科學方面的。他聽他們發言，發現自己完全聽不懂。起先他以為是自己太無知，只好洗耳恭聽。可聽了會兒，並仔細看看發下的講稿後，他發現這些人是在故弄玄虛。那些文章用裝腔作勢的學術腔寫成，內容其實空洞無物。

「比如『社會中的個體成員經常通過視覺或符號渠道獲取信息。』這句」費曼舉例說明道，「我來回看了好幾遍，你知道這是甚麼意思？「人們會閱讀。」』

破譯了這種文字後，他發現教授們其實講的都是些淺薄陳腐的東西，他才敢提問發言。會議結束後，記錄員走過來問他：「你是教授嗎？」

他說是，反問記錄員為何有此一問。

記錄員說：「其他人講話時我雖記下了他們的話，但不明白他們說甚麼。可你每次提問或說話我完全明白。所以我覺得你肯定不是教授。」

費曼是深入淺出表述思想的大師，他認為，如果不能用日常語言來表述一件事，那就說明你自己沒有真正理解它。只有自己腹內草莽又想坐大者才會裝腔作勢。有一次教育部門請他審閱一下物理教材，他把那些教材一看，嚇壞了：這些傢伙往教材裡塞進了這麼多假大空的話，簡直是誤人子弟！

問題在於，我們的學界、甚至中小學教育界充斥著這些「以其昏昏使人昭昭」的角色，我們就是被這麼一些人這麼一些教材教出來的。天知道我們在一些假大空知識上蹉跎了多少大好時光吶！

費曼是天才，命又好，得以處身能讓他的才能自由發展的教育環境。他在普林斯頓讀研究院時，感覺物理學已經沒甚麼可讓他學的了，就經常到其他系當旁聽生。學了教育又學哲學。有一次，他去了生物系，旁聽四年級本科生的課。交第一次學習報告，他就把同學們鎮住了。

報告的主題是貓體結構，他一上去就畫了一隻貓的身體輪廓，然後注明各部分肌肉，逐一講解。其他同學打斷他道：「這些我們都知道了。」

「哦，」費曼說，「你們知道？那就不奇怪為甚麼你們學了四年生物之後我還能和你們上同一門課了。」他的生物學同學們把時間都浪費在死記硬背這些東西上了，可他到圖書館查找這些東西只花了十五分鐘。要用最少的時間獲取知識，要用大量的時間思考那些知識，這是費曼給現代教育的啟示。

三、別管人家怎麼說

這話原本是他一生摯愛、亡妻阿琳的口頭禪。阿琳年紀輕輕就死於肺結核。她是個大美女，但吸引費曼的主要的不是她的美貌，而是她的人格魅力：特有趣，特智慧。即使身患絕症，自知不久於人世，她也從不抱怨，總是給周圍的人帶來快樂。

阿琳老是想出一些特立獨行的點子，就連也是特立獨行的費曼也覺得出格，害怕遭旁人嘲笑。阿琳就說：「你幹嘛要在乎別人怎麼想？」她堅持自行其是，自得其樂，這才是重點。費曼曼後來寫了本懷念阿琳的書，書名叫《別管人家怎樣說》，就來自阿琳的話。

其實這不僅是生活的智慧，也是所有科學創造乃至文學藝術的智慧。一切的科技創新都來自於奇思妙想。一切的藝術創作之所以動人心弦，也是因為藝術家在大千世界普遍性的美中，發現並表現出了獨具他個性的那份美。

費曼拒絕把任何人的話當作事實或真理，總是要盡己所能地研究考察一遍才信服。他無法理解教科書中關於量子力學的官方解釋，就自己從頭研究一遍，然後得出了自己能理解的量子力學版本。當然，他也作了不少無用功。可那又有甚麼關係，對他來說，發現的快樂不是在結果上，而是在發現的過程中。

曾在《尋找費曼》這部劇中扮演費曼的美國演員艾倫．艾爾達說：「費曼並不急於擺脫無知，他享受無知……『無知』他說，『可比相信任何一個可能是錯誤的答案有趣得多。』」

這話今天來看，依然耐人尋味。

四、我不知道你的新地址

其實我對費曼自傳感興趣，來自於詹姆士．格雷（James Gleick）的那本《費曼傳》。不過我對物理學實在無知，讀那本滿是專業語言的書頗為吃力，就只草草翻了一下。但其中有兩頁令我印象深刻，感動不已。

那兩頁是費曼在亡妻阿琳去世兩年後，寫給她的一封信。

費曼二十二歲和阿琳結婚，失去她時還不滿二十六歲。出名喜歡美女的他，阿琳死去兩年後仍孑然然一身，直到七年後才有了短暫的第二次婚姻。他說：「阿琳之後，我的餘生不必那麼好，因為我已經嘗過那種好的滋味了。」

在這封信中，他也寫道，他知道阿琳想讓他幸福，對他兩年來連一個女朋友也沒有感到驚訝，「但你沒辦法，」他寫道，「親愛的，我也沒辦法，我也不明白，其實我遇見了許多非常好的女孩，我不想繼續孤獨下去。」

要知道這一年他才二十八歲，便已是康奈爾大學最受歡迎的教授之一。因為慕他之名，物理系注冊的學生比先前多了兩倍，他英俊，風趣，聰明絕頂。

「然而，」他接著寫道：「跟她們見了兩三面以後，她們都黯然失色，我只有你，你是真實的。」

為甚麼呢？阿琳固然是個大美女，但他倆成了戀人後不久，她就患上了怪病，日漸憔悴，花容失色。最後被診斷為肺結核。這在當時是絕症，傳染性最嚴重的病症之一。但費曼堅持要跟她結婚。他家人、朋友和大學當局都堅決反對。

當時他在普林斯頓讀博，有一份獎學金。校方說他若要結婚，就要停發獎學金。深愛他的母親更是極力勸阻，寫信說：結核病是一種恥辱，結婚會讓這種恥辱附到他身上。她警告費曼，他經濟尚未獨立，她和他父親在任何情況下都不會資助他們。她又呼籲他愛國，說一個病妻會影響他為國家服務的能力。最後她點了幹甚麼都以快樂為本的兒子死穴，說：「在這樣的婚姻中，你得不到婚姻的任何樂趣，只有沉重的負擔。」

費曼回信一一駁回母親的說辭。最後他說：假如這婚姻是一種負擔，那也是他夢寐以求的負擔。他說有一天他在安排阿琳轉院事宜時，發現自己正為規劃他們的共同生活大聲歌唱。

他給阿琳寫信：「我發現自己就像圓木滾下來一樣不可阻擋。我的心給愛填滿了……財富從未使人變得偉大，但愛每天都能做到——我們並不渺小，我們是巨人。」

他一意孤行，拿到博士學位第三天，就和阿琳在紐約一離島的市政辦公室注冊結婚。沒有一個家人和朋友出席，從隔壁房間臨時找了兩個人當證婚人。儀式結束後，他扶著正發病的阿琳慢慢走下樓，然後驅車把她送進一家慈善療養院。

他們孤立無援。費曼的月薪只有三百八十元，阿琳的醫療費就要三百元。費曼只得多打一份工。他們住在一套租來的小屋裡，阿琳時不時要去住療養院。但他們一心沉浸在自己的二人世界，連死神步步逼近的腳步也給忽略掉，以至於三年之後，當他眼睜睜看著阿琳在他面前停止呼吸，呆若木雞。直到幾個月後在百貨公司看到一件漂亮的女裝才哭出聲來，面對現實。

兩年之後，他已是物理學界冉冉上昇的一顆新星，然而風光之後，他倍感孤獨，於是鋪開一張信紙，下筆千言：

「親愛的阿琳：

我愛慕你，親愛的。

我知道你很喜歡聽這句話，但我寫這句話並不僅僅是因為你喜歡——我寫它是因為它使我內心充滿溫暖。」

「我想告訴你，我愛你，我想愛你，我將永遠愛你。」

「你現在甚麼都不能給我，但我還是如此愛你，以至於你妨礙了我愛別人——但我想你留在那裡。你死了，還是比其他活著的人要好得多。」

為甚麼呢？人們在這封信裡也看到了解答：

「我發現我很難理解在你死後愛你意味著甚麼，但我仍然想安慰你，照顧你，我也想讓你愛我，關心我。我想和你討論問題，我想和你做一些小計劃，直到剛才我才想到，我們還可以一起做些事。我們應該做甚麼呢？我們可以一起學作衣服，或學中文，或買台電影放映機。我現在不能做些甚麼嗎？不。沒有你我很孤獨。你是『有想法的女人』，是我們所有冒險的總指揮。」

這位橫空出世的天之驕子，其實比其他孤獨的人更為孤獨，因為他比凡夫俗子更難找到與其智力旗鼓相當的情人和妻子。而他竟然找到過。他和阿琳都是對方獨一無二的傾訴對象，他們有自己的語言、自己的溝通密碼、自己的獨立王國。

於是，在絮絮叨叨寫下他對她的種種愛意，簽下自己的名字後，他寫道：

「又及：請原諒我沒有郵寄這封信，我不知道你的新地址。」

他把這封信裝入信封，放進一個箱子。直到死後，人們才在他的遺物中發現。

托馬斯・曼：為自由放棄一切

《魔術師》（Magician）這本書旨在以另類角度描述托馬斯・曼（Paul Thomas Mann，臺譯：保羅・湯瑪斯・曼）的一生。我讀了這本書掃一眼讀者留言（這地方往往充斥著傻話、廢話和大話，但也有令人忍俊不禁的實話實說。）有位讀者是這麼寫的：

「太好看了！恕我無知。讀之前竟不知托馬斯・曼是何人。」

還有位讀者說：「這是本掃盲書。原來奧登是托馬斯長女的第二任丈夫……二戰爆發，托馬斯的哥哥海因里希站到左翼一邊。托馬斯因妻子的猶太血統、兒女的同性戀身份、自己的反法西斯言論，帶著全家逃亡美國……德國的每個城鎮都被污名化了。魏瑪變成了布痕瓦爾德集中營，慕尼黑變成了達豪集中營。」

第一位讀者並不孤獨，因為不知道托馬斯・曼何許人者多着呢。這位大師是在一個世紀前獲諾貝爾文學獎的，而且是德國人，而且他的小說多是長篇巨制，充滿德國式的哲思和心理描寫。如今只有外國文學研究生會去讀。不過他第一句感嘆確是大實話：不管你知不知道托馬斯・曼是誰，這本書都很好看。

第二位讀者的話很謙虛，因為他根本不能算文學盲，他知道奧登，甚至知道魏瑪與歌德的關係，還知道慕尼黑是文藝名城，出了無數藝術大師，包括馬勒、施特勞斯和康定斯基。更知道本書傳主托馬斯・曼是在慕尼黑成長、成家、成名、乃至被希特勒開除出德國。

儘管之前我讀過托馬斯・曼主要作品和其他版本的傳記，喜歡他，敬仰他，二〇一九年我去蘇黎世就為了瞻仰他的墓地，這本新傳記還是令我驚艷，遠超我的閱讀期待。

這本書的最大亮點是既把這位偉人放在凡夫俗子的位置寫，也把他放在波瀾起伏的歷史進程中寫。我們看到他在作出每一步重大決斷時的徘徊、猶豫和對個人得失的斤斤計較。他有那麼多的親人，光兒女就有六個，每個都要顧及。有那麼奢華的豪宅，裡面裝著他大量藝術收藏以及手稿，還有一些暴露他隱私的日記。而身為作家，對他來說，被驅除出境還有一個最致命的打擊，那就是失去讀者。

「他想到未來有一天，」書中這樣寫道，「他的書會在德國下架，他就恐懼起來。他想起為他奠定聲譽的《布登勃洛克的一家》和《魔山》，意識到假如當初他在寫作時就知道，沒有一個德國人會被允許讀它們，這兩部書一定大為遜色。」

然而若要保住這一切，他就至少要對發生在眼前的事情保持沉默，更別說公開表態了。

一九三三年納粹黨上台，新聞自由和言論自由淪為笑話。焚書坑儒和虐猶事件無日無之，恐怖的「水晶之夜」發生那天，這位已名滿天下的作家正和妻子在國外度假。他從未想到要逃離自己的國家，也沒看出大禍臨頭的預兆。他誤解了德國，這個刻在他靈魂上的國家。而且德語是他唯一能夠熟練運用的語言，年過半百，他不想成為流亡者。只好盡量保持沉默。

他每天看報，一看到納粹可能下台的消息就能睡個好覺。可惜天天都是壞消息，讓他噩

柯姆・托賓（Colm Tóibín, 1955 - ），愛爾蘭小說家，散文家，劇作家，記者，評論家，詩人。《魔術師》作者。

夢連連。他知道，終有一天，他必須在既得利益和良知之中作出決斷。

《魔術師》的作者科爾姆．托賓（Colm Tóibín）本人也是一位優秀小說家和語言大師，他描述托馬斯．曼那五年焦慮不安顛沛流離的日子，讀來像讀一部精彩的推理小說，就算明知結局，也會為之扣緊心弦，時而嘆息，時而驚喜，時而拍案叫絕。

讀完全書之後回味，我最為感動的是：托馬斯．曼流亡美國後失去了很多他在德國時擁有的特權，他不得不親身去跟移民部門打交道。為了能和人流暢溝通，年過六十的他，跟妻子一道每天上兩個小時英語課。「傍晚，他們复習白天學過的內容，努力每天背二十個單詞。他們讀英文童書，卡提婭（他妻子）覺得這比但丁的《地獄》更有啟發。」

過了兩年，他終於能用英文在美國各地演講，以英文呼籲那些不想涉足這場戰爭的美國人，站出來支持正在艱難抗擊納粹德國的歐洲民主國家。這裡，我不由得要大段引用他的演講片段，因為我覺得這些話今天仍然具有現實意義：

「我們知道，許多事將我們分開，但有一件事讓我們團結，在當今美國，有一個詞可以代表許多其他的詞。它是美國成就的核心。它是美國世界影響力的核心。這個詞是自由！自由！在當今德國，取代了自由的是謀殺、威脅、大量監禁、對猶太人的襲擊……我們現在呼籲自由，終有一日，我們的呼聲會被聽到，屆時自由將再次勝利。」

「我是經歷過恐惧並在美國尋求自由的許多德國人中的一個。正如德國人害怕希特勒及其黨羽，整個世界，這個自由的世界，也有理由害怕纳粹。恐懼是對暴力和恐怖的自然反應。可是很快我們的恐懼將成为我們的反抗，将被我們的勇氣和決心所取代。因為如今還有一個詞對我們很重要，一個值得为之奮鬥的詞，一個將美國人與全世界的自由人團結起來的詞。這個詞是民主。民主！」

「我站在這兒不僅僅是作為一個作家，或是有史以來最殘酷的獨裁統治下的難民，我站在這兒是作為一個人，我對這裡的男人和女人講述我們共有的尊嚴，我們每個人身上閃耀的內在光芒，以及我們享有的權利，我們作為人類為之奮鬥的權利，我們應有的權利。我站在這兒，因為我相信這些權利終將回到德國。纳粹不會長久。他們不能長久。他們不可長久。他們不會長久。」

那些一直保持沉默的美國聽眾，聽到這裡，終於站了起來，為他鼓掌喝采。

奧威爾的噩夢

從前抱藝術家夢的青年都愛跑去巴黎，為甚麼？我讀了其中不少人的巴黎回憶錄，總的印象是：他們要去巴黎操練一下自由的感覺。

特別是那些來自不太自由國家的人，從小行為說話都要被限制：這個能說那個不能幹。這樣子幹別的行當還湊合，搞藝術絕對不行。搞藝術必須自由自在無拘無束。所以要到藝術自由的天堂巴黎去操練自由。

不過，我感慨最深的巴黎回憶錄，卻是來自民主國家英國的作家奧威爾（George Owell，臺譯：喬治．歐威爾）的《巴黎倫敦落泊記》。

奧威爾跟吉卜林一樣，也出生在印度。三歲回到英國，後來考上伊頓公學。這學校的畢業生大部分上了劍橋或牛津，要不就繼承家業經商。奧威爾卻獨出心裁，去了緬甸當警察。他受夠了學校的清規戒律，以為這將是一次精彩的冒險之旅，有高工資可拿，還可從此擺脫父母管束。

然而，這工作他越幹越不對勁，生性敏感不覇，他發現自己從事的是一份「令人厭惡的骯髒工作」。他在回憶那段日子的書《緬甸歲月》裡寫道，他越來越為自己「蛻化的帝國主義角色後悔」。他原來認為警察的暴行合法正當，現在卻對這一職業深惡痛絕，這一憎惡終身難以釋懷。後來還把他當時最憎惡的長官名字安到他小說裡大壞蛋的頭上。

幾年之後他回到英國，作出了一個令家人朋友震驚的決定，辭去這份高薪優職，去巴黎從頭來過。

這就開始了他在巴黎和倫敦之間長達四年的底層生活。那段經歷便成了他的第一本書《巴黎倫敦落泊記》的素材。我讀這本書，好幾次不得不歇下來抖口氣，因為實在太悲慘了。毫無海明威《流動的盛宴》的巴黎浪漫，簡直是伏尼契《牛虻》中南美洲的翻版。《牛虻》中，意大利富家公子亞瑟憤而離家出走到南美，從天堂跌落到人間地獄。奧威爾的遭遇也差不多。有段時間，他連洗碗的工作都找不到，三餐不繼，棲身於貧民收容所。這對於一位名校出身，精通六種語言的前警察來說，簡直是一種自虐行為。

但是比起他之後在西班牙的經歷，這段生活至少還算安全。一九三六年西班牙內戰爆發，奧威爾作為志願者前往參加。現在看來，那場內戰其實是兩大極權主義——德意法西斯支持的右翼佛朗哥和蘇聯共產黨支持的左翼人民陣線——的較量。奧威爾參加的是左翼。他那時是個狂熱的社會主義者。在西班牙出生入死兩三年，最後脖子上中了一槍差點沒命。這一槍不是敵人打的，是他同志打的。他回來後寫了本書《向巴泰羅尼亞致敬》，揭露了左翼分子們的殘酷內鬥。那本書幾乎是《一九八四》的胚胎。

他的每一本書都來自他親歷的現實生活，最後才把這些體驗和思想的精華集結在了《動物農場》和《一九八四》中。

這樣，他注定了一生顛沛流離，孤獨貧困，直到他在四十六歲的盛年病逝，還只是一位小有名氣的專欄作家。他甚至來不及享用他的書給他帶來的巨額版稅。因為去世時他最暢銷的書《動物農場》和《一九八四》都還出版不久。之前他雖已出版了十幾本書，都銷量平平。要到他去世以後，人們才漸漸認識到他的偉大。

我曾看過奧威爾在臨終的病床上接受 BBC 一位女記者採訪的視頻。記者就《一九八四》提問道：「我認為這本書是個可怕的傑作。如此恐怖，以至於我再也不想看到類似著作了。你為甚麼要創作這樣一部作品呢？」

奧威爾回答了一段話，整段話我已無法復述，但我記住了他最後那句話：

「我之所以描述這一危險的、噩夢一般的圖景，只有一個意圖：別讓它發生，全靠你們了。」

我記住了他那骨瘦如柴的面容，還有那憂心忡忡的眼神：好像已經看到他的噩夢行將不斷成真。

不惜一切代價買自由

可可．香奈兒的傳記跟她開創的時尚名目一樣多，但只有保羅．莫朗（Paul Morand）這本《香奈兒的態度》最值得信賴，最好看。因為保羅．莫朗本人是香奈兒摯友，且這本書基本上是他一九四六年與香奈爾聊天的記錄。當時六十三歲的香奈兒自我放逐到了瑞士，處於無業狀態，閒中遂與也正賦閒的莫朗多次長談。

三十年後，香奈兒香消玉殞，而莫朗本人也不久於人世，他才把這些業已泛黃的紙頁拿出來整理成書稿，送去出版。照他的說法，除了幾條注釋，「其中沒有任何我的思想，它屬於一位故人的亡魂。」

的確，這本書基本上是香奈兒在自言自語，「那激流般的聲音裡彷彿捲繞著無數的火山熔巖，她吐出的字句彷彿是乾枝不斷地爆裂，她辯駁的話語也彷彿是長喙不停啄咬。隨著年齡增長，她的語氣日益專橫，然而也更加衰弱無力。」

到底是大作家，莫朗三言兩語便讓那位時尚女神的音容躍然紙上。她的言談和她的時裝設計一樣簡潔靈動，乾淨利落，妙言警句滔滔不絕地傾瀉而出。她是如此高傲，又是如此羞怯；她是如此熱烈，又是如此孤獨。但正如她所言：「孤獨使我獲得了成功。」

引領著世界時尚潮流，她卻極力躲開社交界，夜晚總是獨自呆在巴黎利茲酒店她租住的房間，過著晚十時上床早七時起身的規律生活。孤獨使她贏得了時間，更重要的是，贏得了讓她的想像力天馬行空的空間，那些獨具一格自由奔放的妙想，來自於這「一間自己的房子」，一如弗吉妮亞．伍爾芙那篇被奉為女權主義經典的文章題目。

不過，香奈爾絕非女權主義分子，雖然她的米飯班主大都是女人，她卻鄙視女子，尖酸刻薄地批評她們「總是談起身體的保養，但是精神的保養在哪裡呢？美容應該從心靈與靈魂開始，若非如此，化妝品便沒有任何作用。」

還多少有些專橫地斷言：「一個男人總會隨著年齡的增長變得更有韻味，而與此同時他的伴侶則會變得人老珠黃。一張成熟的男人面孔比少年的面孔更迷人，年齡是亞當的魅力，卻是夏娃的悲劇。」

她顯然沒有想到，她自己的存在就是這話的一個反證。而男人老懵顛懂的也不在少數，他們的韻味也與精神美容有關。

不過她的朋友們的確都是男人，而且個個不且凡響。唯一的一名女友米西亞後來也跟她反目。這本書中描寫米西亞的那章，是全書最精彩的一章，那樣的毒舌，卻又令人忍俊不禁。比如說到她二人相互依存的關係：「我的出現總是給她帶來災難，但我不出現她沒法生活。」說到米西卡的刻薄：「她想盡一切方法算計，但是她雖然懂得減法和除法，卻不會作加法。」

米西亞自告奮勇說要幫她防備畢加索，她卻說：「我只需有人幫我防備米西亞，因為米西亞所愛之地，都會寸草不生……但她所毀滅的，只是那些發育不全的事物。因此所有的偉

左｜保羅・莫朗（Paul Morand, 1888 - 1976) 法國著名作家。《香奈兒的態度》作者。

右｜可可・香奈兒（Coco Chanel, 1883 - 1971），著名法國女性時裝店香奈兒（Chanel）品牌的創始人。

人，正是因為他們的偉大，都逃過了米西亞這一劫。」

無疑，她把自己也算在這些偉人之列。她有足夠的底氣這麼說，無論在事業方面，還是在婚戀方面，她都當得起「偉大」這個詞。她在時尚界的成就就不用說了，在情場上她也是所向披靡。她終身未婚，但有數以十計的裙下之臣。她熱戀過，衝動過，但每次都瀟灑地抽身而退。被她甩掉的情人名單顯赫，有音樂家斯特拉文斯基、俄國大公、以及英國王儲、富可敵國的第二代西敏公爵。拒絕王儲求婚時她驕傲地說：「我不要作王妃，我只要作香奈爾。」正應了她拒絕其他名牌時的那句話：「我需要購買的只有自由，我會不惜一切代價買下它。」

我最欣賞的是她「妄議」教育的那段話，出身卑微的她，只受過初級教育，她聲稱她從學校甚麼也沒有學到。她的全部知識都來自於大量的閱讀。「藝術、品味、直覺、生命存在的內在意義，這一切是無法學到的。」香奈兒說，「學校讓我們很小就被徹底塑造成型。」

言下之意，還好她早早脫離學校，隨心所欲地讀自己喜歡的書，這才成了那種洗腦教育的倖存者。

她更激烈抨擊教師道：「教師可以塑造人，但他們更多的是使人（尤其是女人）迷失，這時我們永遠都可以用到克里孟梭評價普恩加萊的話『他甚麼都知道卻甚麼都不懂。』而他評價白里安的話正好相反：『他甚麼都不知道卻甚麼都懂。』」顯然，她認為自己就是後一種人。

如果把這段話裡的「教師」改為「教育」，括號裡的「女人」改為「少兒」，放到今日此地也沒有過時。

倖存者的恥辱

最近連寫幾文，都只好半途而廢，寫不下去了。

寫的都是我讀大陸老一輩知識份子回憶錄讀後感，傳主都是我甚敬重者。然而收集資料時，便始而驚異，繼而猶疑，繼而嘆息，終於罷了罷了。

因為翻著翻著那些資料，最初令我情動於衷的敬意漸漸消褪。比如看到他們當日批判那些被打翻在地的朋輩之文、他們自己也成牛鬼時的交待檢查之文、甚至揭發告密他人的材料等等。雖然也明白生逢良知泯滅道德淪喪時代，出污泥而不染談何容易。《紅樓夢》中，便是貌似女神如秦可卿者，也抗不住那「東府裡除了那兩個石頭獅子乾淨罷了」的現實，淫喪天香樓。何況只是世俗中人的前輩學者。

然而最令我不能接受的是，在這些知識份子甚至他們兒女一代的回憶錄中，不僅大多缺少記愧這一章，也大多缺少反思這一章，在「團結起來向前看」的口號下，至多罵兩聲鳳姐或王善保家的之流，對那賈母和王夫人之流卻是避而不談甚至歌頌。我在微信上偶爾貼一篇反思歷次運動的文章，即使混過網警的法眼，也會遭到朋友們的冷遇。甚至還有朋友貌似好心地勸我：「不要糾纏那些過去了的事了，要珍惜眼前的安定和諧。」

我想起德國作家君特．格拉斯晚年的回憶錄中自爆自己參加過納粹的事。其實參加時他只是個十七歲少年。而且歷時不過一兩年，但他認為，那也說明他參與了那一場全民族集體犯罪，必須懺悔。

又想起意大利猶太作家普利莫．萊維（Primo Levi），他成為奧斯維辛集中營倖存者之後，卻久久無法從焦慮症中康復，有個問題令他寢食難安：「為甚麼他們都死了，而我活了下來？」

那麼多人的死亡，讓萊維的倖存變成了他的恥辱。因為他無法忘卻他得以倖存下來所遭受的那些屈辱、羞辱、乃至為求生而致的卑鄙行為。知識份子的良知使他省悟：唯有把那一切講述出來，為那些犧牲者的苦難作一份見證，他的倖存才有價值。

他寫了，整整十二大本，不是為了喚起仇恨，而是為了喚起愛，以及對於人類為何會墮落得如此禽獸不如的反思。看看那些作品的名字我們就觸目驚心：《這是不是個人》、《這就是奧斯威辛》、《被掩沒與被拯救的》、《若非此時，何時？》……

我不禁要再次引用他最後這本書的主題詩：

「若我不為自己，誰會為我？

若我只為自己，我是甚麼？

若非此時，何時？」

或許再加上兩句：「經歷過了那一切，／若不知道反思，枉而為人。」

普利莫．萊維完成了這十二本書之後就自殺身亡，他覺得已經完成了自己的使命，無法繼續忍受倖存者的恥辱活下去。

中國的白俄難民

人們常常談到上海這所城市的寬容廣納，提得最多的是二戰中收容了數以萬計的德國猶太人，以至現在以色列還對中國心存感激。他們不知道，其實早在一九一九年蘇俄革命後，上海就是一個對難民最為友好的國際都市。

美國記者鮑威爾（John B・Powell）《我在中國的二十五年》一書中，有一章名為〈上海的白俄〉，記錄了此事的前因後果。

一九一九年至一九四九年，上海的俄國人從數十人暴增至數萬人。他們都是十月革命後逃出蘇聯的難民，蘇聯人稱之為「反革命份子」，上海人稱之為「白俄」。

鮑威爾親眼見證了第一批白俄逃至上海的情況。他說，一九一八至一九一九年，他作為美國《密勒氏評論報》記者，正在上海。某日，他聽說有一支不明國籍的艦隊駛到長江口海面。共有三四十條之多。他連忙趕去觀看，發現這原來是一支從蘇聯逃來的帝俄艦隊。鮑威爾要求以記者身份上船採訪，得到允許登上其中一條軍艦。上艦一看，嘩，艦上的景觀比艦隊本身更為奇特：

「只見甲板上堆砌了各種各樣的家庭用品，小到鍋盤瓢盞，大到嬰兒床，無奇不有。比較搞笑的是，正碰上一位俄國母親將孩子的尿布拿到炮筒上去晾。」

艦長告訴他：這支艦隊是帝俄遠東艦隊的殘部，由斯科特海軍上將率領，在海參威被布爾什維克攻佔前夕逃離。婦孺們都是官兵家屬，跟隨他們的親人背井離鄉逃離布爾什維克政權。眼下他們已經水盡糧絕，到此請求上海人給予救助，並讓婦孺們上岸求生。

當時上海沒有移民法規，入境者不需要護照和簽證，「上海是世界上最不計較居民之前身份的國際城市，」鮑威爾寫道，「因而成為受壓迫者和冒險家的樂園。」

的確，上海當局雖然表面上拒絕了俄國難民的上岸請求，卻給他們送去了大量糧水，還對他們隨後的各種登陸行為睜隻眼閉隻眼。看到登陸難民們的悲慘處境，上海的各個慈善機構還紛紛設立施粥廠，讓他們得以在上海安下身來。

「之後便有大量白俄湧入上海，」鮑威爾寫道，「這些人來自俄國各地。他們或坐火車或乘輪船，大多身無分文。其身份囊括了俄國社會各階層，貧賤至吉卜賽乞丐，高貴至沙俄貴族。」

「令人驚訝的是，」鮑威爾接下來寫道，「這些蜂湧而至的俄國逃亡者並沒有長期成為上海的負擔。相反，他們在上海迅速站穩了腳跟……地位發生了變化，讓上海的西方白領和中國人無不對他們刮目相看。」

男人中不少人是帝俄軍人哥薩克，他們要麼成為保鏢要麼成為大公司的門衛。女人們則開起了時裝店、女帽店和美容店。他們中不乏藝術家和知識份子，這些人便以教音樂、芭蕾舞、繪畫和俄語為生。其中的猶太人就開雜貨店。而俄國飯館也很快遍布租界的大街小巷。

最令鮑威爾驚異的是，他初來上海時還看不到一間俄國教堂，白俄湧入的十年之後，三十年代初，上海已有了十二座東正教教堂，其中有幾座堪稱宏偉。「每逢聖誕節和復活節，俄國人都要舉行禮拜，形式多種多樣，場面壯觀。上海的多數外國人都會前往圍觀。」

這些描述讓我想起我小時候在大興安嶺，那個叫作西尼氣的小鎮上的那群白俄。當地人管他們叫老毛子。東北人恨老毛子甚於恨日本人，因為一九四五年蘇聯紅軍進入東北時奸淫擄劫無惡不作，其暴行比日本人更甚。但對逃來西尼氣的白俄老毛子，當地居民卻佩服之至：「人家就是勤快！」「人家就是會過日子。」他們說。

白俄老毛子大約有六七家，他們自成一體。群居在西尼氣荒涼地帶鐵道東的邊緣，再過去就是草甸和大山了。跟本地人粗製濫造的丑陋屋舍不同，白俄們蓋的那些房子都童話小屋似的鮮艷漂亮，白牆藍頂，棱角分明。院子裡的木柴像積木一樣被碼得整整齊齊，把房子圈成一個個方整的小院。從我們家遠遠望過去，儼若一張張畫片。

到了晚上，時不時會從那邊傳來隱隱的手風琴聲，大人們說，那是老毛子在唱歌跳舞。老毛子不大跟本地人來往，本地政府似乎也不怎麼管他們。大概分不清白俄和蘇聯老大哥之間究竟是甚麼關係，把他們當僑民看待吧。總之任由他們種地和養奶牛為生。

我媽曾去那邊買過牛奶和牛油，回來盛讚他們的衛生狀況：「真乾淨！真精緻！到底是好人家出身。」

我就是從她口中聽說「白俄」這個詞的。她告訴我：白俄就是十月革命後逃出蘇聯的白黨，以前都是貴族或有身份的人。其中最有辦法的都逃去了德國法國等歐洲國家，次一點的去了上海，再次一點的到了哈爾濱，流落到我們這裡的想必是其中最倒霉最沒辦法的。

我去過那些小屋中的一座。是我們班上那名白俄女孩邀請我去的。我還記得她名叫謝玉蘭。我們班住鐵道東的只有三個女孩，我、謝玉蘭和孫桂琴。我們就成了朋友。

謝玉蘭金髮碧眼，洋娃娃似的乾淨漂亮，還能歌善舞，學校舉行文娛會演，班上總派她去表演俄羅斯舞蹈。她心眼兒也好。有一次我的毛線手套掉到爛泥坑，成了泥餅，見我哭喪著臉拎著它，謝玉蘭安慰道：「沒事！我幫你洗乾淨。」她真的幫我洗乾淨了給我。

聽說我要離開西尼氣的那個周末，謝玉蘭走到我身邊悄聲說：「明天上我家來喝牛奶吧，還有麵包。」

那是已經進入大饑荒的一九五九年，我們一年到頭只有霉壞的包米渣子吃，連小米高粱都見不著，白麵和牛奶更是絕了跡。第二天我早早就等在去她家的路口，還帶上了我妹妹。

謝玉蘭果然如約出現在了她家院子裡，遠遠地朝我招手。我趕緊拉著妹妹跑過去，不好意思地道：「我妹妹……」

謝玉蘭慷慨地手一揮：「沒關係。都進屋吧！」

門一開，眼前一亮，嘩！到了童話小屋啦！四下裡水洗過一般的窗明几淨，桌上鋪著雪白的桌布，上面還放著花。連地板都光可鑒人。我們頓時自慚形穢，呆立在門口。這時一位金髮碧眼的美麗女子出現，身上系著白圍裙，頭上系著白頭巾，手裡端著個滿是食物的托盤。

「這是我媽。」謝玉蘭說。

我完全忘了那天我吃了甚麼，吃了牛奶嗎？吃了麵包嗎？周遭的環境和謝玉蘭媽媽光彩照人的形象令我全程呆若木雞。

西伯利亞的囚徒

美國人J.B．鮑威爾寫於上世紀四十年代的《我在中國的二十五年》中，還有一章也頗有意思，那就是寫到烏克蘭人的「西伯利亞之旅」，在俄烏戰事久難平息的今日讀來頗有味道。

鮑威爾的一生很傳奇。他一九一七年來到中國，應聘為英文《密勒氏評論報》記者，在中國一呆就是二十五年。一九四一年日美開戰，他在上海堅持發稿到最後一分鐘，慘被日軍抓捕，關入提籃橋集中營。一年後美日交換戰俘才得以回美。集中營的非人生活讓他命垂一線，雙腿致殘，一年後不治去世。去世前，他奮力寫出這本回憶錄。

如今人們已忘記了他，當年他在中國可是大名鼎鼎，孫中山、宋慶齡、蔣介石、張作霖、宋子文等人都曾是他採訪對象，從北伐戰爭到抗日戰爭，其間發生的大事他都趕去現場採訪。

一九三五年，他感覺蘇日之間關係詭譎，熱愛中國的他，就想看看蘇聯到底是中國的敵人還是朋友，便費盡心機拿到了蘇聯簽證，跑去一探究竟。

當時東北已被日本關東軍佔領，而鮑威爾因屢次揭露日軍侵華上了關東軍黑名單，被拒絕過境。他只好從上海搭貨船從東海繞個大圈進入海參威，然後再乘火車穿越西伯利亞去莫斯科。

沿途他時不時地停下來東看西問，看到了不少外國人難以在那個封閉國度看到的東西。其中最令他震驚的就是西伯利亞的烏克蘭囚徒。

第一次是在海參威。鮑威爾發現，當地政府正在搞一個大工程，要將西伯利亞鐵路連接到海參威，向十月革命二十八周年慶典獻禮。在工地現場，他發現：「由於有關方面的壓迫，一批工人接手了這個巨大的項目。值得一提的是，這批工人無一例外都是烏克蘭的罪犯。」

他在海參威火車站附近還看到，好幾條街上都住著烏克蘭人，他們住在粗陋矮小的棚屋裡，生活困頓，形容凄慘。一打聽才知道，原來「當時有數以千萬計的男士、女士、和小孩被迫離開烏克蘭前往西伯利亞，在這些房子裡暫時安頓下來……更為悲慘的是，西伯利亞大鐵路沿線每一個火車站都有上述場面，無處落腳的人在每個火車站比比皆是。」

鮑威爾又觀察到，那些修路者雖然衣衫襤褸，但從他們身上的衣著可以看出他們曾經有過光鮮的歲月。可如今卻在持槍士兵的看押下，在冰天雪地裡作苦工。

鮑威爾身上帶有幾盒香煙，就走過去給那些苦役犯發煙，一人一支。每個接受者都感激涕零。有個人還跪地用英語拜謝。鮑威爾見狀，就把剩下的半盒煙都給了他，這人竟撲上來緊緊擁抱他。

鮑威爾的旅行社導遊是一名女共青團員，他問她為何要用武裝士兵看守工人幹活。這位導遊聳聳肩膀說：「他們都是政治犯。」

鮑威爾再找其他一些人打聽，得到了以下信息：

「先前斯大林的集體農場政策遭到全體烏克蘭人反對，在烏克蘭人看來，與其將耕牛上交蘇共，不如殺了這些牛海吃海喝一頓。如此一來，烏克蘭境內爆發了一次饑荒，波及的範圍相當廣泛。最終，這些烏克蘭農民都被判罪，被指是欺壓盤剝工人的地主和雇主。」

這大概是關於烏克蘭大饑荒和大遷徙最早的披露文字了。鮑威爾是一名親蘇人士，這些見聞太讓他震驚了。身為同情蘇俄革命的美國人，他實在搞不懂：「他們對待自己的國民怎麼會這樣！」

這問題在書中並未得到充分解答，不過鮑威爾的這些描述從客觀角度披露出了部分歷史真相，為俄羅斯和烏克蘭從兄弟民族變成生死冤家提供了一份見證。為甚麼烏克蘭人明明跟俄羅斯人是近親，卻早在二三十年代就鬧獨立？為甚麼蘇聯一解體，烏克蘭緊跟著波羅的海三國，立馬宣佈獨立？還非要投入並不很歡迎他們的歐美懷抱，且出乎全世界意料之外誓死抵抗俄羅斯入侵。為甚麼？

因為血寫的歷史告訴烏克蘭人，不自由，毋寧死。就像二戰快要終結時東線的德國兵拼命跑去西伯利亞投降英美盟軍一樣，烏克蘭人積一個世紀的親身體驗更加懂得，歸順了俄羅斯意味著甚麼。

我以星辰書寫我志在天空

這是T. E. 勞倫斯（Thomas Edward Lawrence）的回憶錄《智慧七柱》卷首題詩的句子。這本書曾被改編成電影，改名為《阿拉伯的勞倫斯》（Lawrence of Arabia）。獲奧斯卡七項大獎。

其實原著比電影精彩多了，主要因為勞倫斯卓爾不凡的文采。正如他自己所言，他之所以在一百來名援助阿拉伯大起義的英國人中獨佔鰲頭青史留名，是因為他雖「人微位卑，卻有一支生花妙筆、無礙辯才、以及堪稱機靈的大腦」。

這話並不誇張，那些比他位高人尊，比他更英勇無畏的戰友都湮沒在了歷史的滾滾長河，勞倫斯這位年輕下級軍官之所以脫穎而出，人們之所以認識他、崇尚他、銘記他，是因為他寫了這本書。

我讀了這本書，時時被他那激情而不失準確的敘述打動，但銘記最深的還是他那一卷首題詩，再就是下面這段概括阿拉伯民族性的話：

「這個民族是黑白分明的，不只是在視覺上，也在內心最深處。他們的思想只在處於最極端才會安心……他們是一個心胸狹窄的民族，毫無好奇心，遲鈍的心智完全不作為。他們的想象力很鮮活，可是沒有創造力。他們依循著部落民族與洞穴民族的偶像前進。他們是最不怨天尤人的民族，毫不質疑地接受人生的安排。」

這是說阿拉伯人嗎？我看著怎麼似曾相識？放到中國人身上好像也合適。

勞倫斯當年以一英國軍官，被上司派到阿拉伯起義軍中作聯絡官，他為這個一向逆來順受的民族這一突然發作而震驚、而感動，決心幫他們爭自由，從土耳其人的暴政下解放，建立一個統一的、民主的、自由的主權國家。

其結果大家現在都看到了。阿拉伯人打敗了土耳其人，也趕走了後來想要駕馭他們的英國人法國人，解放是解放了，卻從來沒有得到自由，也從來沒有過一個民主自由的阿拉伯共和國。勞倫斯幫著他們打敗土耳其人之後，一百年多年過去了，這塊土地就沒消停過，從未和平，從未平靜，反而變成了「中東火藥桶」。

有人把罪魁禍首歸到帝國主義以及以色列頭上，可是你看，每次戰爭的挑起者和主打都是阿拉伯人。就拿第一次以阿戰爭來說吧，七個阿拉伯國家組成的聯軍團團圍住以色列，三天兩頭喊打。可是真一動起手來，六天之內就被兵力比他們弱好幾倍的以色列打趴下了。

這回可別怪「外國反動勢力」介入，美蘇兩大陣營這回都一致反對雙方開戰，且一致通過以色列立國。因為相形之下以色列也太可憐了，那麼多在各國慘遭迫害的人跑去那麼小的一塊土地上（面積比台灣還小一倍半），正所謂「夾縫中求生存」，相對於國土是他們幾百倍的阿拉伯國家，實在太哀兵了。若那專愛鋤強扶弱的勞倫斯活在當代，也許就成了「以色列的勞倫斯」。

湯瑪斯・愛德華・勞倫斯上校（Thomas Edward Lawrence，常稱 T. E. Lawrence, 1888 - 1935），英國軍官。回憶錄《智慧七柱》作者。

阿拉伯人也太爛泥巴糊不上壁了。其中主要的四個阿拉伯國家，埃及、敘利亞、伊拉克、和約旦，其頭頭本是約希姆王朝的親兄弟。他們跟以色列打仗從未贏過，自己卻動輒打作一團。要說富強，這三兄弟和他們的子孫們倒是富強了，然而人民還跟當初一樣貧窮落後，事實上，比當初更不安居更不樂業了，不斷的戰爭和暴政令他們四散奔逃，形成了世界上最大的難民群。

勞倫斯那首獻詩的前面一節是：「我愛你，所以我才掌控此波濤人馬，／以星辰書寫我志在天空，／誓為你爭自由。」

傳說他這獻辭其實是寫給他同性戀男友，一個早夭的俊美阿拉伯少年的。也許他愛烏及屋，也愛上了這整個黑白分明的、愛走極端的民族。

他後來是在失望中死去的，因為他看到他所追求的目標並未達到，反而「讓那些卑瑣的蛆蟲爬出來／在你殘缺不全的影子中／為他們自己拼裝陋室。」

今天看來，這些詩句像箴言，適合於許多民族，也適合形容許多在民族、宗教、主義旗號下發動的戰爭：白白犧牲了無數志士仁人的熱血和生命，只不過了卻了一些狂人的心頭事，贏得了一群蛆蟲的身後名。

鮮卑利亞

這日，讀包天笑的《釧影樓回憶》，這包老先生是民國時期小說名家，多本文學史把他歸於「鴛鴦蝴蝶」派。晚年寓居香港，九十歲時出版了此書。真是記性好，很多往事的細節他都記得清清楚楚。我這裡想說的就是其中之一。

他說起民國初期和梅蘭芳及一班票友到北京東交民巷吃西餐，講到了東交民巷這地名的來歷。

原來「東交民巷」是從明朝才叫起來的，本叫作「東江米巷」，因為北京的米都是從江南運來的，京人稱之為「江米」，東、西兩巷都曾是米集。所以有東江米巷、西江米巷之稱。沒錯，記得我小時候住東交民巷時，旁邊不遠就是西交民巷。不過我從沒想到查究這地名的來歷。

於是意識流地想起前些時候讀《廣祿回憶錄》的一個也是關於地名的細節。

廣祿是滿族人，屬錫伯一支。他的先祖是清政府派遣鎮守新疆的錫伯軍營頭領。他在新疆出生長大。民國時期在新疆政府任職，親歷了二十年代到四十年代的新疆重大歷史事件。四九年之後去了台灣，棄政從文作學術研究。主要研究新疆問題。出版了不少專著，這本書是其中最不學術的一本，甚是好看。

不過其中有些地名比較生疏，因為不是我們現在通用的譯名了。比如「鮮卑利亞」，我讀了小半本還以為這是個我不知道的地方，及至看到它跟「滿州里」連在一起，才恍然大悟：原來它就是「西伯利亞」。

鮮卑最早是生活在西伯利亞的蒙古人，後來人們把生活在中國北方的少數民族都叫鮮卑，中國歷史上的五胡十六國中的「五胡」是也。他們進入中原地區後與漢人通婚，漸漸融入漢族，連姓氏也通用了，今日那些姓慕容、長孫、宇文、尉遲的人，就都是鮮卑後裔，姓段、婁、穆、屈等等姓氏的人，祖先也都跟鮮卑人有些瓜葛，便是趙、錢、孫、李姓這些大姓氏之人，DNA裡也可能查出鮮卑成分。李世民的皇后不是姓長孫嗎？

廣祿是錫伯人，自然也屬鮮卑後裔。他這本書堅持把西伯利亞叫做鮮卑利亞，想是出自對中國的歸屬感，以及對俄羅斯蠶食中國領土的痛恨。表示那片地方原屬中國，被俄羅斯人佔去了。事實上，這整本書都在講述俄羅斯（那時叫蘇聯）怎樣不斷策劃、煽動、和資助新疆的暴亂份子，想要把它變成第二個蒙古的歷史。

從他的講述中我們看見，二十年代到五十年代新疆就沒消停過，哈密事件、塔城事件、迪化事件……及至一九四四年至一九四九年的「三區暴動」，每次事件後面都閃動蘇聯的影子，是他們策動、出資、甚至出兵助成。

如今被指為恐怖分子的「東突厥斯坦」，究其根源，就是官書上稱之為「三區革命」的「三區暴動」整出來的。三區暴動中國軍人有四千多官兵陣亡，老百姓死難者更多，僅在伊寧屠城事件中就死了好幾萬。三區民族軍殺到伊犁，數十萬漢族居民逃往焉耆，在蘇軍和民族軍追殺下，活著逃到焉耆的只有三十多人。

這次暴動的主力軍「東突民族軍」，一九四九年改編為解放軍第五軍。

當時毛澤東給其頭領之一阿合買提江寫信致謝道：「你們多年來的奮鬥，是我全中國人民民主革命運動的一部分……三區民族軍在新疆牽制了近十萬國民黨的軍隊……伊犁、塔城、阿山三區人民的奮鬥，對於全新疆的解放和全中國的解放，是一個重要的貢獻。」

《廣祿回憶錄》沒提三區暴動的事，那是他離開新疆以後發生的。他的矛頭集中在一度號稱「新疆王」的盛世才身上。我懷疑就算他親歷其事，抱著他那種民族主義立場，也不見得能作持平之論。

我是受了他這本書啟發，去翻閱了其他各種立場觀點的史料，才看到以上那些記載的。其中有中國官方話語體系的新疆史，有漢人寫的新疆史，有維族人寫的新疆史，甚至盛世才回憶錄，以及他小弟盛世驥寫的《我家大哥盛世才》。

老實說，我越看越雲裡霧裡，新疆問題有史以來就複雜得很。各家敘事都是公說公有理，婆說理由長，都只講自己高大上，不講自己卑劣陰，都只講自己慘遭殺戮，不講自己殺戮別人。「三區暴動」中漢人固然血流成河，但左宗棠的別名叫「左剃頭」也是有史可證的，他征伐新疆時大批殺戮的都是鮮卑人。

再也回不到從前：薇拉回憶納博科夫

聽降央卓瑪演唱的刀郎〈西海情歌〉，我總是為之無語凝噎，尤其是收尾那段，從悲愴的高昂漸漸向更其悲愴沉落，沉落：「我在苦苦等待雪山之巔溫暖的春天，／等待高原冰雪融化歸來的孤雁，／愛再難以續前緣，／回不到我們的從前。」我以為是想起了「無可奈何花落去」似的情緣，讀了俄裔美籍作家納博科夫（Vladimir Nabokov）妻子薇拉的回憶錄，我有了新的感悟。

在寫到納博科夫對俄語苦苦的迷戀時，薇拉說：「他所作的，就是用他跟英語的權宜婚姻，來取代他對俄語的熱戀。」

其實納博科夫的母語與其說是俄語，不如說是法語和英語。出身俄羅斯貴族的他，是先會說法語和英語，然後才學俄語的。十月革命之後他流亡德國，甚至以教授英語和法語為生。可俄語與他從小浸淫其中的文化傳統血脈相連，那才是他能夠心領神會駕輕就熟的語言。一九四零年，當他在巴黎陷落的兩星期前逃離，他已經出版過九本俄語小說。在登上開往美國的輪船前，他把自己關在浴室，在馬桶蓋上寫下他第一本英語小說的題目《塞巴斯蒂安・奈特的真實生活》，這是他通往英語世界的入場券。從此，他要改用英語寫作了。

可是十多年後，當他終於以英語小說《羅麗塔》（Lolita）一鳴驚人，被譽為英語寫作文體大師，他依然悲嘆自己「不得不放棄豐富多彩的俄語，而以二流的英語取而代之。」又過了十年，他將《羅麗塔》譯成俄文，卻悲哀地發現，其實自己就像一個絕望的情人，再也回不到從前。

「美妙絕倫的俄語，」他寫道，「我以為它就在某處等著我，就像忠實地等在門後的春天一樣，只等我用珍藏多年的鑰匙打開，現在卻證明是子虛烏有。門外只有燒焦的樹樁和絕望的秋景，而我手中的鑰匙更像撬鎖的工具。」

因為，自從他離開故土，俄語一直在變化，那些為其包裹著的文化傳統，那一他曾在自己俄文小說中魔術師般嫻熟運用的語言，已經遭到革命的粗言穢語強暴，變得他不堪認，不想認，不能認，而在無產階級專政錘打下從性情到心靈都巨變了的俄羅斯人，也不能欣賞他那古色古香優雅凝煉的俄語了。

他是這樣的傷痛，在一封家信中他寫道：「昨天我在深夜中醒來，我問夜色，問繁星，問上帝：我真的再也回不去了嗎？它是不是真的已經結束，一掃而光，摧毀殆盡？」

他是這樣的激憤，以至於拒絕在他的俄羅斯文學課上講授一九一七年以後的俄國作品，後來才加進阿赫瑪托娃和帕斯捷爾納克的詩。不過他批評後者的《日瓦戈醫生》「是沉悶的傳統作品」。也是基於這種美學上的潔癖，他說索爾仁尼琴的《古拉格群島》只是「生動的新聞體小說，缺乏形式上的美感且冗長拖沓。」

在他晚年寫的回憶錄《講吧，回憶》中，他一開頭就昭告讀者：「我與蘇維埃政權的舊怨同任何財產問題毫不相干，對於那些只因自己的錢和土地被奪剝而仇恨赤色分子的流亡者，我的蔑視是徹底的。我懷了這麼多年的思鄉病是對失去的童年的一種過度膨脹的感情……我保留自己向往適當生存環境的權利。在美利堅的天空下，我慨嘆著俄羅斯。」

是的，這不是個人恩怨，這是一位自由知識份子對美、思想和其文學理想毫不動搖的堅守。

他終其一生拒絕與那個戕害他文學理想的政府發生任何瓜葛。一九七七年，他死在瑞士的一家酒店，沒有看到俄羅斯的春天，沒有守成一隻冰雪融化歸來的孤雁。

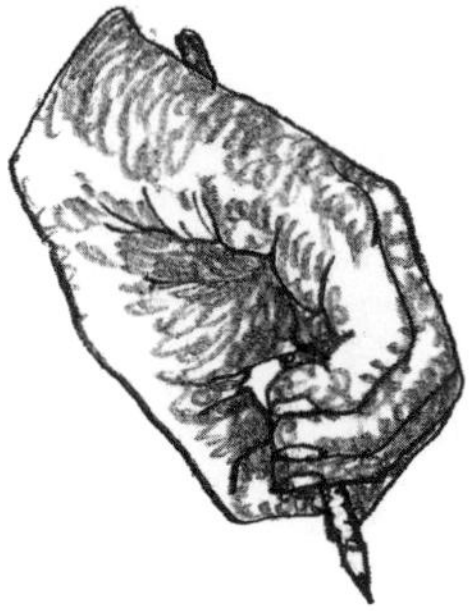

愛森斯坦之死

在中國大陸，有段時間《列寧在十月》是我們唯一能看到的外國影片。尤其是其中那段一分鐘左右的四小天鵝芭蕾舞，多年以後，還令我們津津樂道。我一位大學同學說他為了這一分鐘把這電影看了無數遍，以至於能背誦這部電影的全部台詞。每逢同學聚會，模仿《列寧在十月》中的列寧，是他的保留節目。只見他往起一站，身體誇張地往上一挺，一條手臂叉腰一條手臂往前方大力劈去，吐出連串台詞：「把憐恤丟掉吧！」「我們只有一條出路，那就是勝利；還有另外一條出路那就是死亡，死亡不屬於工人階級！」

嘩，還真是列寧上身。

我今天想起這一往事，是因為看到一本蘇聯導演愛森斯坦（Sergei Mikhailovich Eisenstein）回憶。我原先以為《列寧在十月》就是愛森斯坦的《十月》，這才知道原來不是。愛森斯坦的《十月》儘管也嚴重歪曲了歷史，但還是沒能討到斯大林的好，被批為「形式主義」，所以沒有被批准發行。

愛森斯坦回憶中寫道，當他拍《十月》中攻打冬宮那一場時，為了表現宏大的史詩場面，調集了五千名紅軍士兵作群眾演員。並且是真刀真槍。當大家衝進冬宮，不小心打中了一隻大古董花瓶，導致好幾名演員受傷，人們感嘆：「這傷亡可能超過了一九一七年佔領冬宮時的傷亡。」

事實上，一九一七年衝擊冬宮的只不過是幾百名水兵和赤衛隊員，而冬宮衛隊早已退守，佔領者們得以從洞開的後門長驅直入，完成了一次沒有流血的革命。

這位以蒙太奇手法奠基者而名垂電影史的蘇聯導演，遭到當局蠻橫批判後，被這種動輒得咎的創作環境驚嚇，借著出國考察的機會想要一去不返。可是不行，他老媽還在國內呢，政府叫他老媽給他寫信，讓他知道，不回來老媽就會有禍上身。結果從他一九三二年回國到一九四八年死去，再也沒拍出過一部可與《戰艦波將金號》相比的電影，儘管那部電影也是在竄改歷史的基礎上拍攝。可在三、四十年代的蘇聯，黨更強化了對電影、尤其是愛森斯坦偏愛的歷史片的管制。他更動輒得咎了。

他最後一套電影《伊凡雷帝》始終是個半成品。因為斯大林看了第一部之後大怒，把這位大導召去，給他上了一堂編導課，從伊凡雷帝的死法到他鬍子該有多長都一一作了指示，最後畫龍點睛道：「伊凡雷帝確實很殘酷，但你必須把他不得不殘酷的原因表現出來。」

而這也恰巧是愛森斯坦在這個人物身上投入這麼大熱情的原因，不過他是以與領袖相反的思路構想的。在身經斯大林血腥大清洗的恐怖之後，他想在伊凡雷帝孤獨的慘死中表現：「暴力可以得到解釋，也可以被合法化，但它不會被認可。如果你還屬於人類，你就必須為之付出代價。」

他答應重拍。但他告訴朋友說自己絕對不會改動當初的構想：「重拍？」他對一位朋友道，「你難道不會想到我在重拍第一鏡時就會死掉嗎？」

他果然在開拍第三部時心臟病發而死去。時年五十歲。

吉卜力的天才

無事亂翻書，翻到一本《吉卜力的天才們》，是日本動畫業巨頭鈴木敏夫寫的。我才知道，原來我最喜歡的動畫巨匠宮崎駿就是這個公司的創立者之一，確切地說，是鈴木敏夫為了宮崎駿一手促成吉卜力公司的創立。

我原先對動畫沒有絲毫興趣，總覺得這是小孩子的玩藝兒。後來有了兒子，他對動畫喜歡得要命，只要電視上一放動畫片，哪怕只是廣告，也會趕緊奔過來目不轉睛地盯著看，我便也跟著他斷續看了些《鐵臂阿童木》之類。

九十年代初，九歲多的兒子初來香港，一位朋友聽我講了獨自照管兒子還要上班和寫稿的苦況，就說：「他愛看動畫嗎？」

「愛呀。」

「那我拿個碟來給他，包他喜歡。我家小孩都喜歡。結果連我們大人都喜歡上了，好看又文藝。」

這就是宮崎駿的《天空之城》。

兒子果然喜歡，看了一遍又一遍，印象中那些天他除了作功課就是看《天空之城》。沒幾天我也被傳染了，甚至也會放下正在作的事跟他一起看。這是我第一部從頭看到尾的動畫片，且看了好幾遍。畫面、音樂、對白都那麼美，朋友說得對，真是藝術享受。

我從此也成了宮崎駿迷，只要他出了新作品就馬上追看，《龍貓》、《魔女宅急便》、《千與千尋》……

從《吉卜力的天才們》我得知這些經典的誕生過程。要說最大的心得，應該還是那句老話：「成功就是天才加勤奮。」

宮崎駿是天才沒錯，就跟馬斯克是天才一樣，可就算有他們那樣的蓋世之才，要從自己的行業橫空出世，也要付出超人努力。

宮崎駿是出名的工作狂，他可以為了趕工連續一星期不眠不休。正常工作時間也是從早上九點到凌晨三四點。「他會一直對住辦公桌，」鈴木敏夫記敘道，「吃飯則吃自己帶來的便當，用筷子把飯菜一分為二，中午、晚上各吃一半。」五分鐘搞掂。忙起來睡覺就睡在桌子底下。以致跟他共事是對意志力的嚴酷考驗，同事們受不了紛紛辭職。

他又是出名的完美主義者，對細節的精益求精到了病態的地步。在《起風了》這部動畫片中，地震四秒鐘的鏡頭，他畫了一年零三個月。平時他很健談，可一旦提筆作畫，便不會再多說一句廢話。鈴木敏夫第一次去採訪他，正碰上他在作畫，沒好氣地對鈴木說了句「我對你們這種雜誌沒甚麼好感，不想和你說話。」就接著畫自己的，一言不發。

沒想到天才碰到天才，鈴木敏夫是公關、傳媒和管理天才，而且同樣勤奮，開公司時完全不懂企管，就買本《如何開公司》的書，鉆研出一份企劃書四處找人投資，百折不撓，終於成功。當日，他見宮崎駿如此情狀，並不氣餒，端了張椅子在一旁坐下，一直等到凌晨三點多，宮崎駿才說了句：「我回去了。明早九點。」揚長而去。

第二天又是如此這般，直到第三天鈴木才跟他對上了話，從此開始他們的漫長合作。

這是我讀這本書的第二大心得，其實也是老話：「一個好漢三個幫」。有企劃和管理天才鈴木敏夫傾心推助，有另一動畫奇才高畑勳的大力提攜與密切合作，才成就了宮崎駿的動畫偉業。

《失焦》：卡柏的戰地攝影回憶

《失焦》是羅伯特・卡柏（Robert Capa）的二戰回憶錄之一。羅伯特・卡柏何許人也？在攝影界，甚至在傳媒界，提出這問題也算無知，因為羅伯特・卡柏是二十世紀最偉大的戰地攝影記者，沒有之一。他的作品不僅表現了他出類拔萃的藝術才華，還體現了他超人的敬業樂業和勇氣。這讓他的作品被任何派別的攝影人奉為圭臬。

卡柏採訪過二十世紀最著名的幾大戰爭：西班牙內戰、第二次世界大戰、中國抗日戰爭、以阿戰爭，直至一九五四年他在第一次印支戰爭中踩雷身亡。

他留下了數以千計的攝影作品，其中不乏經典之作。我們從他的幾本回憶錄還看到，他的文字感覺也和他的攝影感覺一樣才氣橫溢。我一口氣讀完了《失焦》這本三百多頁的書。身為二戰史迷，我讀過多種有關二戰的著述：歷史、回憶錄、小說、日記……但仍然為卡柏此書震驚、感動、低迴。

記得我年輕時，有位前輩鼓勵我奮力拼搏說：「殫精竭力精彩紛呈只活四十歲有何憾，碌碌無為苟延殘喘活上八十歲又何羨。」

卡柏只活了四十一歲，但他活過了何等壯麗的一生。

當初，二十歲的他從匈牙利流亡巴黎，是跟許多文學青年一樣來圓他的作家夢的。無奈找份文字記者工作不可得，倒是因幾幅攝影作品歪打正著成了攝影記者。不久西班牙內戰，他跑去參加共和軍抗擊法西斯，在火線上拍下那張〈戰士的倒下〉，聲名鵲起，從此在戰地記者行業上一發而不可收。

二戰開始時，卡柏被美國一家雜誌社派去英倫採訪，他採訪的第一站是英國皇家空軍。身為老百姓，他只能蹲守在機場，拍攝飛行員們出擊和返航的場面。眼見二十四架飛機出戰只有十七架返航，其中有架轟炸機是拖著被打殘的機身強降的，六名機組人員只有一人生還，那小伙子躺在擔架上朝正抓拍這一場面的卡柏憤然道：「攝影師，你就是等著拍這樣的畫面吧？」

卡柏聽了，關上相機就回了倫敦。他開始厭惡自己的職業。目睹那些昨天還跟自己一道談笑風生的青年就此一去不返，他痛感「這場戰爭就像一個上了年紀的女演員，越來越危險，越來越不上相。」

在對生命的悲憫與對攝影的摯愛之間激烈掙扎了一番之後，卡柏作出了一個決定：如果我要拍下那些士兵，「我就一定要和他們一起在戰場上戰鬥過。」

他要求入伍，上前線跟官兵們一道衝鋒陷陣。在北非戰場，他和步兵們一起衝進敵陣；在突尼斯，他跟坦克兵們一道攻陷敵堡；他還登上轟炸機，冒著高射炮火往德軍投彈。在意大利戰場，他甚至加入空降師，從空中拍下降落傘在敵陣上空漫天張開的歷史性畫面，也拍下了傘衣不幸掛到樹上成為德軍活靶子的傘兵們。事實上，他自己就是那些掛到樹上的倒霉

羅伯特・卡柏（Robert Capa, 1913 - 1954），匈牙利裔美國籍攝影記者。二戰回憶錄《失焦》作者。

鬼之一，只是僥倖獲救。

最驚險的經歷還是諾曼第登陸，卡柏是唯一跟登陸部隊衝上了海灘的戰地記者。儘管他一度被那地獄般的場景嚇得逃回登陸艦，然而依然緊抓住相機，拍下了一百多幅現場照片。結果由於暗房的技術事故，只有八張被搶救回來，發到世界各大通訊社。在這些因過度受熱而模糊的照片下面，寫有一行文字說明：卡柏的手抖得厲害。

這就是本書書名的由來：失焦。

即使在地獄門口對不準焦距了，他依然忠於職守忠於信念。

對於卡柏，這職守就是：身為一名戰地記者，必須竭盡全力拍下最真實的戰地照片，「如果你拍得不夠好，那是因為你靠得不夠近。」

這信念就是：「我痛恨納粹，並認為我的攝影作品會對反抗納粹有用。」

此地居然形勝：上海淪陷時期的文化生活

在微信讀書網上搜書來看時，偶而碰到這本書，陳存仁著《抗戰時代生活史》。

這本書的「抗戰時代」，其實特指抗日戰爭時期的上海。上海人俗稱「淪陷時期」。作者陳存仁醫生是土生土長的老上海，四十年代末移居香港。那部轟動一時的香港電影《上海灘》攝製人員表上還打有他的名字，銜頭是「特別顧問」。

書中憶及的時日從一九三七年「八一三」淞滬抗戰開始，直至一九四五年抗戰勝利，憶及的人事遍及工、商、軍、政、文化等各界，從高層人士到草根階層。很多事是作者親歷，有些是耳聞。愛國主義情懷之下，卻透露了一些正史有意無意過濾掉的信息。

其中我感觸最深者有三。

一是汪偽政權的不得民心。其實汪偽政權的頭面人物本來都人氣甚旺，汪精衛曾是「引刀成一快不負少年頭」的革命志士，陳公博、周佛海、褚民誼亦皆一時才俊，然而上了日偽政府的位，立時變不齒於國人的狗屎堆。千夫所指，皆曰可誅。陳存仁當時是上海名醫，一天家鄉來人，告訴他：聽聞一陳姓中醫變成汪精衛的御用醫生，治好了汪的重疾，鄉親們氣壞了，要挖他祖墳。陳大驚，忙分辯彼陳中醫不是此陳中醫。鄉親們限他兩天之內拿出他不是彼陳中醫的證據。陳趕緊找出了兩條證據請那位老鄉帶回老家，才保住祖墳。

二是淪陷時期的上海經濟，竟是空前繁榮。陳存仁書中雖是大嘆了一番慘成亡國奴、喪失作人尊嚴和自由的苦經，但也坦言，那一時期的上海，「除了生活必須的柴米油鹽以及五洋雜貨發生恐慌之外，其他的情況，可以說是繁榮到了極點。有錢人的奢侈生活，也瘋狂到了極點。」

特殊的環境造成了特殊的生財捷徑，商人發財容易也就揮霍無度。舞場、飯店、遊樂場特別發達，乃至於「書場、電影院、越劇場、話劇場，場場滿坑滿谷。這種情況，是上海有史以來所未見的。」

最後這句話令我有了第三、也是最深的一點感觸：淪陷時期的文學戲劇非但不是我們一向認為的「萬馬齊喑究可哀」。反而「此地居然形勝」，如我以前一篇小文所言：「冒出了許多文學新秀：蘇青、路易士、柳雨生、張愛玲、梅娘……更有那一群原先便負有盛名的老作家、文化人：周作人、梁鴻志、秦瘦鷗、錢蹈孫、冒效魯、龍榆生、陶亢德、周越然、周黎庵……半個世紀以後，當內戰外戰的硝煙漸漸消散，人們驚異地發現了周作人、張愛玲、路易士們優雅的文學身影，而那些老作家的詩文也從故紙堆裡還魂，梁鴻志和冒效魯的舊體詩，錢蹈孫的譯作，周黎庵的小品。龍榆生的《唐宋名家詞選》，連印了上十次，仍然供不應求。」

《抗戰時代生活史》印證了我以上所述。書中有四章特別講到電影戲劇的繁榮現象。像秦瘦鵑《秋海棠》這種言情小說，改編劇本遍及多個劇種，皆有連演幾十天一票難求的盛況。

最後拍成電影，仍然觀眾如湧座無虛席。便是《文天祥》《桃花扇》這種借古諷今反日反漢奸的劇本，也大張旗鼓上演。被人舉報了也只改個劇名就蒙混過關，照演不誤。當局的文藝管制部門睜隻眼閉隻眼之外，竟還撥專款支助。意外地造成了文學藝術的小陽春。

我想，這是不是因為日偽政府的文藝政策看似嚴酷，其實因種種原因相對其他地區反而寬鬆，而文學藝術繁榮的首要條件便是寬鬆的土壤。為甚麼兩百年來歐美大師輩出經典不斷？因為那裡有最為適合文學藝術生長的寬鬆土壤。所以不要怪責笑星變傻歌星變爛，這種環境只能出這樣的傻爛之星。知否知否，冰封雪凍的十年浩劫中，中華大地還曾出現過「天地一浩然」的怪象呢。

可是上海淪陷時期的文化界竟然冒出了那麼多怪才奇才作家，這一現象還真值得深思。

聞道是西方寶樹日娑娑

閒來無事，就喜歡翻檢歷史的塵埃。時有所感。

看到蘇青當年所辨《生活》雜誌的那些名噪一時的作者群，他們似乎有一個共同點，都是奇才異人，所謂「敲敲頭頂腳底板會響」的絕頂聰明人物，可結果似乎都「聰明反被聰明誤」。

但細看看也不盡然。這些人中間，除了陳公博、周佛海、梁鴻志，因涉政太深喪命，還有少數幾名「附逆文人」被問罪，大多作者都如蘇青、張愛玲、路易士一樣，被叫去問過了話就沒事。周作人是陷獄最深的，十四年，其他如陶亢德、紀果奄、柳雨生等只判了三至五年，後來當局大概發現民眾其實普遍認同蘇青那一「淪陷區人民也有苟延殘喘權利」論，便在二審中減了他們的刑。

其中很有幾位不僅生存，而且東山再起，再創輝煌，甚而至於大紅大紫，最著名的是張愛玲，以及胡蘭成、路易士。不過路易士改了名叫紀弦，絕口不提往事。

八十年代中，一位名叫張中行的老者挾一本《負暄瑣話》拔地而起，人稱「文壇老旋風」。定睛細看，人們發現他不僅是位散文大家，還是哲學家、思想家、國學大師，「高人、逸人、至人、超人」，他的校友季羨林如此評價他。

有那好事者人肉搜索，發現他是周作人的高足，淪陷時期在北大任教，還常在報刊發文，甚或到日偽政府裡填了表領取津貼。對那一往事，張中行無奈地解說道：「接受了友人的關照，先後兩處，掛個閒散的職名，每月可領一些錢和糧食。」

他沒蘇青那麼理直氣壯，卻也分辯道：「生為小民，總會有大大小小的人禍送來各種苦難，抗，也許很難吧？那麼想想辦法，在不吃別人肉不喝別人血的情況下，求能活過來，就不應該嗎？」

身為他的熱心讀者，我的回答自然是：應該。他要是不熬過抗戰、內戰、以及之後大大小小的政治運動活到了八十年代，終於以七十多歲高齡破土而出，我們又怎能讀到他這些文史哲瑰寶。

想當初，我也是他前妻楊沫的熱心讀者，拜讀了她那本曾大行其市的小說《青春之歌》。但正如網友們所言，今天有幾人還讀楊沫呢？但張中行的有些文字將會長存。

不要說那種緊貼政治的革命文學已沒人讀了，便是冰心的《繁星》、郭沫若的《女神》、郁達夫的《沉淪》、丁玲的《莎菲女士的日記》，今天讀來也覺淺薄肉麻。反而是張中行張愛玲們一紙風行，就連那無行的胡蘭成也給挖掘出來，追隨者還甚眾。

還有一位像路易士般也改了名東山再起的大師級人物，柳雨生，他後來以柳存仁之名活躍於海外學界。

柳存仁跟香港頗有緣份。抗戰時他曾在香港作政府公務員，同時在香港報刊發表散文，還跟鄒韜奮、茅盾打過筆仗。後來去了淪陷的上海探父，陰差陽錯地滯留下來。便寫些文章投稿維生。他寫小說也寫散文，後來還辨了一份名叫《風雨談》的雜誌，名噪一時，乃至被推選去日本參加了「大東亞文學者大會」。抗戰勝利後，他被判刑三年。不過只關了不到一年就被釋放。他立即跑到香港，在皇仁書院教書。

那時他才不過三十出頭年紀，當時香港教育界也是看重海外文憑的，柳存仁大概因而感到被岐視，憤而報考倫敦大學，一試而中。五年後拿到了博士學位。博士論文題目是〈佛道教影響中國小說考〉。從此走上學術研究道路。在中國小說史和宗教史方面都有驕人建樹，更成為道藏學的大師級人物。

對柳存仁學術成就和地位，余英時等學界高人已有精當評論，這裡我只想說一點我從他以及其他淪陷區文人命運引起的感慨。

我注意到，凡是後來得以東山再起再創輝煌的，都是跑去了海外者；而留在大陸者，最幸運的也是從此一蹶不振，或文革前就死了，如周越然。或起先還能作點翻譯工作，文革中給迫害致死，如周作人和錢蹈孫。寫《秋海棠》的秦瘦鷗也沒逃過紅衛兵暴行，要不是被朋友拉住，差點步了老舍後塵。

從這點來看，柳存仁真是聰明人中的聰明人，一步步地往西邊跑，越跑越遠。他後半生是在澳洲度過的，在那裡功成名就，在那裡往生。還真個給那曹雪芹說著了：「聞道是西方寶樹喚婆娑，上結著長生果。」

張恨水《我把人生看透了》

我從小就對張恨水這名字耳熟能詳。我母親雖不愛看小說，卻是個張恨水迷，聽她說起張恨水的那種口氣，就好像她那時期的小說家只有張恨水一人。她最津津樂道的是《啼笑姻緣》，老是跟我們講她當年逃課去看電影《啼笑姻緣》的事。

母親說張恨水的時候，父親在一邊總是沉默無語，記憶中只有一次，他插了句嘴：「其實他最好的小說不是這一部。」

我追問：「哪一部？」他卻又搖頭不語了，他是個沉默寡言的人。被打成右派後就更沉默了。後來我才知道，他其實是認識張恨水的，一九三七年，父親的表姐夫張友鸞與張恨水合辦《南京人報》。當時他十六歲，讀高中。寄居在報社樓上的表姐夫家，課餘就在報社當校對。目睹了那位小說奇才每日同時寫作好幾部連載長篇的絕招。他後來在一篇文章中回憶：

「恨水先生每天上午十時必來編輯部，校編副刊稿件，同時寫他在京、滬五家大報上連載的長篇小說，每篇五六百字，一氣呵成，無需謄寫。」

張恨水的回憶錄《我把人生看透了》中也談到過相關的情況：

「我在《南京人報》，除了管理社務，自編一個副刊，叫《南華經》。自寫兩篇小說。

一篇叫《鼓角聲中》，寫著受日本人威脅的北平，一部就是近乎武俠小說的《中原豪俠傳》。還要寫幾篇散文和一則新聞故事。」

僅只本報就要寫這麼多，還要應付外稿，而且還都保持了他的水準。不過別以為這完全是「天生我材」，其實還要加上超乎常人的勤奮。張恨水回憶中談到，他從小愛讀書，尤愛讀小說，中國古典小說他幾乎讀盡了，僅《水滸傳》他就讀了七八種不同的版本。難怪連陳寅恪都愛讀他的《水滸新傳》。儒家「默而識之，好學不厭」的美德，張恨水真是做到了。他說他每天從早上九點編稿寫作到夜半十二點，仍要「擁被看一兩點鐘書。看的書很雜，文藝的，哲學的，社會科學的。」因為「必須天天『加油』，才不會被時代拋在後面。」

這一點，父親的那篇回憶中也講到。原來說起來，張恨水還是他的恩師，一九三八年在重慶，他甚至跟張恨水作了一兩個月的室友。

那是在一九三七年底，《南京人報》在南京陷落的四天前停刊，父親跟著表姐夫一家逃難到重慶，一時無學可上，便在《新民報》作校對。報社安排他住在一間叫新世界的旅社。過了一個月，張恨水也輾轉從安徽老家逃來，加入《新民報》主編副刊。他家屬還得等他安頓好了才能接來，便也住進這間旅社，跟我父親成了同房宿友。

此時張恨水已經是名滿中國的大作家，仍然每日筆耕不綴，寫作之餘，總在讀書，還自學英文。「有一天，」，父親在回憶中寫道，「我上夜班回來較晚，在晨曦中發現恨水先生已在後院朗讀英文，大吃一驚。因為在我看來，他是個老學究，四書五經、經史子集、詩詞歌賦隨口而出，又對中國古典說部很有研究，為何還要學英文呢？」

張恨水（1895 - 1967），中國章回小說家回憶錄《我把人生看透了》作者。

父親當時已經打算輟學，就在報社邊作校對邊學採編，心想就這樣一級級爬到記者的職位算了。恨水先生卻告誡他：「千萬不要滿足於當一名編輯記者之類的新聞匠，如果有志於作一名優秀的新聞工作者，一定要抓緊時機完成學業。」還說他自己「半生兩大憾事，一是家境貧寒未讀大學，二是為養家糊口忙工作沒有學好英文，所以一定要抓緊時間補上。」他不僅自己每天誦讀英文不止，還督促這名荒廢了學業的小青年，「每天必須跟他一起讀一小時英文活頁文選，記熟十個生詞和有關句式。」

父親就是這樣在張恨水和張友鸞鼓勵和幫助下，重入校門上完了高中，考上復旦大學。本來他是想報讀新聞系的，但「恨水先生力主我讀經濟系。他說經濟系涉及政治、歷史、哲學、邏輯學、法學等學科。社會科學的通識，是新聞記者必須具備的」，而「新聞業務可以在實踐中學到手。」

這篇回憶是父親去世後我在他的遺物中翻到的，據我所知從未發表過。不僅如此，父親甚至從來沒有跟我談起過這些往事。為甚麼？我已經沒機會問他了。不過原因猜也猜得到。恨水先生固然倒霉，父親更加倒霉，從香港回國後每次運動他都沒逃得掉，頂著一頂右派份子帽子充軍邊地二十一年。自是只能「破帽遮顏過鬧市」了。

七十年代初，我跟父親一道從大興安嶺回長沙，路過北京，去姑爹張友鸞家看望他。姑爹也是右派，文革當然更逃不過挨整。那年他已是坐六望七的老人了，每天早上還得扛起掃把去掃大街。

記憶中姑爹總是坐在他那張破籐椅上，跟父親說著日常瑣事。他們已經多年沒見了，但都不提自已遭遇過了甚麼。大概怕隔牆有耳吧，大家不僅不談國事，也不談人事。我不記得他們談到過張恨水。姑爹那班老友全都倒了大霉，勞改的勞改，鬥死的鬥死，比起他們，恨水先生算是幸運的，至少死在了自家床上。不說也罷。

多年之後，我讀到姑爹寫的一篇回憶，說的是反右後的一天，他和一位老友、人民文學出版社的同事在機關樓梯上劈面相遇，兩個人被打成了「反黨小集團」成員，背靠背面對面給批鬥了好些天，劫後重逢，發現大家都還活著，心裡自然感慨萬端，可還是一言不發擦身而過。哪句話能說呢？

哪句話都不能說。

「無言獨上西樓。」他一邊上樓一邊這樣暗暗自嘲。

朦朧大間諜

讀到一篇回憶：《中外記者團延安之行》。講的是一九四七年胡宗南攻入延安後，南京國防部組織記者團到延安採訪的事。內容無甚新意，引起我注意的是那份記者名單：五十五人的龐大記者團，自然沒列出全部記者名字，中國記者只提到了七八位：《大公報》記者周榆瑞、《東南日報》記者趙浩生、《新民報》記者宋凱沙、《和平日報》記者謝蔚明、《中央日報》記者沈昌煥、龔選舞……

其中趙、宋、謝都是我父親當年一道跑新聞的朋友。謝蔚明雖是國民黨報紙記者，思想卻頗左傾，四九年留在大陸進了《文匯報》，五七年打成右派，流放北大荒二十多年，妻離子散。晚年與蘇青的「最小偏憐女」結為夫妻。

趙浩生思想偏右，四九年之後去了日本，在美國拿到博士學位，後為耶魯大學教授。七十年代後作為愛國華裔美國學者被邀回國講學。雖然他曾讚頌文革，一度被稱為「四大不要臉外裔華人」，我得說，他這人還真是古道熱腸，對我老爸那真是有情有義。七九年他來中國社科院新聞研究所講學，我老爸剛從大興安嶺「改正」回京，暫棲此所。趙在台上驚見那名破帽遮顏坐角落的老者似曾相識，連忙奔過來驚呼老友計。

原來他這次路過香港遇到當年的那名左報朋友宋凱莎。宋四九年卻也離開大陸跑去了香港，且堅不跟我爸一樣回流，是我媽口中「幾多有腦筋」的智者。如今也事業有成，四個兒女都拿到海外博士學位。其中老二與我同年同月同日生在港島那打素醫院。我的出世紙還沒簽發，便被急著要去「參加社會主義建設」的家人抱回國了。宋伯伯便幫我們代領並一直保存著。他們一班新聞朋友聽說我爸早已在肅反或反右運動中「沒了」，他就托請趙浩生尋訪有無遺屬在，以便把這張我的出世紙轉交。

還有周榆瑞，這名字我看著似曾相識，是聽老爸提起過？還是在甚麼書裡看到過？上 google 一查，嘩，原來此君才是最有故事之人，《侍衛官雜記》的作者呀！不過那本書上署的名是宋喬。

有那麼一段時候，那本小說在中國大陸風行一時。我讀到它是在文革之前。那時我年少無知，只覺小說文字流暢，情節生動，對書中所渲染的蔣家王朝劣跡深信不疑。加上同時流行的另一本小說《金陵春夢》，將那妖魔化的四大家族印象深植我們那幾代人之心，以至於我後來看到蔣、宋家的錢財其實連現在中共的一名科級幹部都不如，久久不能置信。

後來陸續看到一些書，才發現其實就是其中最闊的孔家，財產跟現在一名中共廳局級高幹相比，也是小巫見大巫。更別說那陳氏兄弟了，根本就是廉潔奉公。陳立夫後來到了美國，囊中羞澀到要朋友資助才能開一小小養雞場，工人只有他夫妻二人。兒子們上大學都要靠勤工儉學。據說毛澤東說過：國民黨一定會亡國，但因為有陳氏兄弟會拖延些時候。

這是另一話題，且按下不表，我感嘆的是周榆瑞那翻版零零七般的遭遇。一九八八年五

左｜《東南日報》記者趙浩生。

右｜《和平日報》記者謝蔚明。

月上海《解放日報》有篇文章，將他封為「朦朧式的大間諜」，說他是沒有填表註冊的英國情報局間諜，聽上去好像他們對英國情報局的間諜花名冊了若指掌似的。不過維基和百度對他的介紹裡，確實也都朦朧其辭。把他說得一時親共一時反共、一時英國新聞處一時美國情報局。更有甚者，說他剛作過港督麥理浩的座上客，轉眼卻到了北京中僑辦，變成廖承志的助手，也太傳奇了吧？

事實上，關於他一九五二年至一九五七年那段經歷，維基百科的說辭簡直前言不搭後語。先是說他「一九五二年九月，奉調回北京。起初在北京外國語學院任教，後任中華人民共和國文化部顧問」，後面卻說他一九五二年是被他上司、《大公報》社長費彝民配合中共誘騙至大陸，「於一九五三年在蘇州車站被捕，被中共監禁長達四年。」

這讓我想起一九八三的羅孚事件，羅也跟周一樣，在《大公報》任上被誘至大陸，以間諜罪遭到監禁。不同的是，羅孚是中共黨員，回港後雖然思想發生激變，但對身揹的間諜指控至死保持沉默。周榆瑞則先是忍辱負重，假裝認罪，似乎已完全被洗腦成功，以換取回港的許可。回港之後，他也果真按照有關部門指示，編造出那套任職教授和高官的故事，來解釋他那四年的消失。還接受了繼續潛伏搞情報的任務。

就連對費彝民，他也不動聲色，若無其事地回到這位同樣不動聲色的「地下黨骨幹力量」老上級手下作老編。直到四年之後的一九六一年，他看看稿費已存得差不多，唯一留在大陸的小弟也成功赴港。遂於一個星期一的早上，不辭而別，出逃英倫。在那裡寫下一本書：《彷徨與抉擇》，將他與中共的瓜葛、特別是那四年的遭遇全盤托出，並在老友卜少夫推薦下，受聘為台灣《聯合報》倫敦特派員。

殊不尋常的是，中共這次卻一反歷來對叛逃者無情追殺的慣例，對周榆瑞的逃亡和這本揭秘之書保持沉默，也沒有加害他留在香港的家屬。

我好奇心大動，在網上搜索查找了半天，除了維基和百度那無厘頭的介紹，只有幾篇炒他們現飯的短文。後來意外地發現了金庸的一長篇書評《談〈彷徨與抉擇〉》，以貌似周榆瑞朋友的身份，對此書作貌似中立、其實是逐條駁斥的評論。比如周書揭露費彝民夫婦公款消費揮金如土，金書就說費是世家出身，花的都是自己的錢，「慷慨豪爽」；周書說中共要他廣交外國朋友以獲取情報，卻反陷他以間諜之罪，金書就說「很可能是因為榆瑞和這些西方人士的交往中，同情是更傾向英美一面。」甚至「因為他缺乏保密習慣，反而無意中透露了一些中共方面的情況。」云云。

然而對金大俠這種拔刀相助行為，中共方面似乎並不領情。顯然，《彷徨與抉擇》寫得心平氣和有理有據，將親身遭遇細說從頭娓娓道來。新聞要素六個W俱全，甚至將時間落實到分鐘，將地點落實到門牌號碼。人物也只差實名認證了。有關方面心知肚明：這是見不得光的丑聞，只會越描越黑，寧可冷處理。金大俠是在幫倒忙了。

不過令我最為感慨的是，《彷徨與抉擇》一書顯然並未產生它理應產生的影響。就連似乎中立的維基百科也不惜自相矛盾將周榆瑞的兩種故事照錄。而大陸背景的百度網站對他的介紹竟頗正面，尤其對他那四年的遭遇，只講他編造的那套故事，絕口不提綁架監禁之事。對他出走英倫，也是輕描淡寫。這裡我且將這段話照錄，括號裡的話是我的批注：

「一九五七年一月，周榆瑞夫婦獲得去香港的簽證（事實是他只有一人遭綁架回國，他太太、三個孩子以及老母一直都在香港）。周應《大公報》負責人費彝民之邀兼該報專欄記者。（事實是他一直是《大公報》雇員。領著報社的薪住著報社的房）。數月後（應當是「數年後」，他出走英倫是四年之後的一九六一年），他又出人意料地發表聲明，並辭去北京的一應職務（編造的假職務，其實那四年他都在坐監），表示他崇信「民主自由」的神聖理念，反對黨派鬥爭，（事實上他旗幟鮮明地加入了台灣聯合報作倫敦特派員，並至死保有這一職務，甚至為此放棄美國兩所大學的高薪聘約）。月餘後，周榆瑞《侍衛官雜記》在香港的一家出版社出版。（事實上這部小說一九五二年起就開始在《新晚報》副刊連載，其責任編輯就是金庸。）

諸君可以看到，短短一段話，句句都是謊言。可是它妙就妙在每句裡也摻有一點真話，比如周榆瑞確實在一九五七年獲得回港簽證。他也確實是大公報專欄作者，他也確實出版了《侍衛官雜記》。百度的說辭只是竄改其時間，編造其細節，含糊其因由，朦朧其過程。

而這正是中共宣傳文本的特有風格：真假摻雜，疑幻疑真，正所謂「假作真來真亦假」。別說輕信的老百姓了，就是經驗豐富的讀者，也會被那冠冕堂皇的機構、真假莫辨的敘事搞得信以為真。

我自己是上當受騙了多年，才漸漸對這種敘事手法有所認識，遂「大膽存疑，小心求證」，不辭勞苦搜尋並細讀找到的所有資料，分析、比較、核對，這才發現了被混淆在謊言裡的那部分真相。

這樣，除了上述周榆瑞的原作《彷徨與抉擇》，維基百科、百度的奇文、金庸《談〈彷徨與抉擇〉》、以及兩三篇炒現飯的輕薄文字，我還找到了林保華一九八八年費彝民去世時所作〈費彝民與朦朦大間諜〉和金鐘二〇一五年《彷徨與抉擇》再版時的述評〈周榆瑞勇敢的抉擇〉。

金庸那部連載暴露了他政治上的淺薄和無知。令我不得不認同王朔對他的評價：港台一大俗。淺薄無知也就罷了，還要來賣弄就不對了。在某種情勢逼迫下不得不賣弄也就罷了，為了利益的加持損友求榮就是大俗了。我看到他一邊為那連其後台老闆都認了「同志」的費彝民辯駁，一邊表白自己從不反共而周榆瑞一向反共，就有點作嘔。一九五零年你人到了北京卻選擇了奔來香港，不反共？聽聞老父被共產黨槍斃哭了三天三夜，不反共？周榆瑞卻早在重慶就是周恩來董必武的座上客，出生入死地為我黨搞過情報。還接受革命任務寫作了《侍衛官雜記》，為黨國立下汗馬功勞。反倒是「一向反共」？

幸而讀到金鐘和林保華那兩篇文章，才令我吁出了一口氣：在這個人欲橫流良知泯滅的年月，總算還有此等諍諍士子和高人在，令我們得以在謊言和謬論羅織的迷魂陣裡，漸漸明白事理。

高粱地上的語言學家

不知道是不是因為我是讀林漢達先生的書長大的，所以讀到周有光先生百歲回憶中有關林先生的篇章，特別感動。

這章的標題是：〈跟林漢達先生一道看守高粱地〉。

文革中，周先生和林先生都被下放到寧夏的「五七幹校」，周六十五歲，林七十一歲，幹不動重活了，被派去看守高粱地。不過規定不許坐不許站，要分頭不停走動巡視。他倆如此這般看守了三天都不見賊蹤，第四天就「犯法」一起躺到高粱地上了。

落難到了這個份上，兩位語言學家想的還是語言問題，周先生寫道：

「林先生仰望長空，思考語文大眾化的問題。他喃喃自語：『揠苗助長』要改『拔苗助長』，『揠』（yà）字大眾不認得。」

又斟酌「未亡人」「遺孀」「寡婦」哪一種說法好。周先生笑道：「大人物的寡婦叫遺孀，小人物的遺孀叫寡婦。」

林先生卻一本正經地道：「遺孀不通俗。從前有一部外國電影譯作《風流寡婦》，如果改為《風流遺孀》，觀眾也許要少一半。」

兩人越談越起勁，坐了起來，在這空曠的高粱地裡就語言大眾化問題各抒己見，展開熱烈討論，最後一致同意語文大眾化要作到三化：通俗化、口語化和規範化。

一直談到太陽落山，兩人長途跋涉十多里路回校部，林先生一路上還在念叨著語文教育。自言自語道：「教育，不只是要把知識傳授給青年一代，更重要的是啟發青年獨立思考，把社會推向更進步的時代！。」

這真是「先天下之憂而憂」了。不久，林漢達先生就發作心臟病而去世。那是一九七二年。如今，半個世紀過去了。他的教育理念在他為之鞠躬盡瘁的那片土地上實現了沒有呢？

我只能沉痛地說：沒有。有所進步的是他的《春秋故事》、《戰國故事》、《上下五千年》還沒有被禁掉。

年高德劭：周有光到沈從文

讀民國知識份子傳記，我往往感慨：四九年之後還有作為甚至再創輝煌的知識分子，皆為流亡海外人士；留在大陸者，保住一條命已屬不易，還能事業有成，簡直是奇蹟。

尤其是文史哲界人物，皆在歷次政治運動中遭到整肅，就連被列為四大不要臉文人之首的郭沫若，也在劫難逃，四九年之後他再沒寫出一行可讀的文字，兩個兒子自殺慘死，太太也自殺身亡。

沈從文和周有光這兩連襟，也許可算其中最幸運者，因為他們後來也還都有專著出版，在各自轉行後的專業上卓然成家。究其原因，我覺得都似可用這四個字概括：年高德劭。

首先是「年高」，享壽夠長。沈從文活了八十六歲，周有光活到一百一十一歲。這才能熬過文革，等來政治氣氛較為寬鬆時期，讓他們的專著得以出版。當然，還得命大，才能逃過歷次運動的血光之災。

所謂命大者也，即運氣好。像周有光，反右前本來在上海經濟研究所，突被抽調去北京開個文字改革會，讓他得以就此離開高危的經濟界，轉行到相對低危的語言文字界。結果上海經濟界成反右重災區，死傷枕藉，連他頂頭上司所長都自殺身亡。好險吶！他後來嘆道：

「幸虧我到北京來了，否則在上海就是大右派。」

像沈從文，更屬九命貓一族。中共上台伊始，他便首當其衝，被郭沫若一篇文章打成「反動派」，被北大人貼大字報討伐，驚恐之中他割脈自殺。也是命不該絕，正好那日有人到他家見情況不對，破門而入，這才救他一命。

至於「德劭」，則不單止是「德高望重」那麼簡單，在我們這片神奇的土地上，不僅要清心寡欲，最重要是甘於寂寞。對知識分子來說，這是最難的，而對作家來說，則難上加難。因為作家其實跟演員有個共同點，那就是需要觀眾和掌聲。

所以沈從文要做到甘於寂寞，比周有光更難。他其實也不是一開始就看得那麼透。當時被救活過來，周遭都是一片歡慶解放的鶯歌燕舞，老朋友們紛紛加入歌功頌德行列，就連家人也對他不理解不同情，質疑他為何不能跟大家一起愛黨愛國，成天愁眉苦臉疑神疑鬼。

小兒子虎虎要參加少先隊，在入隊申請書裡寫道：「父親在新中國成立時精神失常，思想頑固，母親從學校回來，就和他作思想鬥爭。」

這申請書被那為父者看到，便苦笑著對兒子道，「鬥爭這個措詞不大妥。還是等媽媽回來再說。鬥爭像打架，不是我的長處。」

媽媽卻一時回不來，兒子哭了，說是遲交申請書就趕不上這次入隊。沈從文只好妥協，心中卻嘆道：「我知道，政治已滲入到一個十三歲孩子的生命中。」

如果說舊友丁玲的冷言冷語、知交巴金的勸解、眾多朋友的棄絕，都沒有讓沈從文動搖他的文學理念，兒子那「掛在眼角的大顆眼淚」，終於使他明白，他必須在兩條路中作一抉擇：

左｜沈從文（1902 - 1988），中國現代文學家、小説家、散文家和考古學專家。

右｜周有光（1906 - 2017）中國語言學家、文字學家。

或放棄他「文學必須是獨立自由的」理念，也走上「文學為政治服務為工農兵服務」的道路；或轉行。

他先是盡力去走第一條路，畢竟寫作是他最愛最擅長的行業。他多次試圖「回歸創作」，去革大接受洗腦，主動要求參加土改體驗生活，希望能夠寫出符合新時代新思想的作品。甚至真的寫了幾篇，有兩篇還得以發表。然而，他畢竟是良知大於名利之心的真文學家，痛苦地看出：自己那種秉承官方意志的文章不是文學，報刊上推崇的那些當紅詩文也不是他能夠仿效的，「近來在報上讀到幾首詩，感到痛苦。」他對一位密友道，「這種詩就毫無詩所需要的感性，如不把它們和下面的署名連接起來，任何編者也不會用的。」他於是轉行搞古文物。

許多年後，他對採訪者說，當時他心中嘀咕：「文學必須突出一個大寫的『我』，與政治和宣傳完全是兩回事，響應號召，恐怕是寫不出好作品的。我對共產黨的事還弄不明白，還是來寫一些自己明白的事吧。」

到了五七年，又看到即使是寫出那種詩文的革命作家也都紛紛給打成右派，他才絕了搞文學的望。死心踏地搞文物研究了。

等到文革爆發，他的文學同行們全部被「打翻在地再踏上一隻腳」，只剩下一個名叫浩然的作家是好人，文壇呈現「天地一浩然」的今古奇觀。而早就是反動作家的沈從文竟得以漏網，只是去五七幹校勞動幾年就又放回北京，繼續他的文物研究，終於在八十年代出版了《中國古代服飾研究》這本專著，並活著看到了他的舊作出土，重放光輝。我想，是忠於自我甘於寂寞的良知救了他。

杭藝三劍客

沈從文散文裡有篇短文〈蔡威廉〉，寫他在昆明西南聯大時的鄰家主婦。照沈文所述，這蔡威廉是畫家，賢妻良母，五個孩子的母親，腹中正懷著第六個孩子。丈夫林文琤在聯大教書，兩人窮得要命，以至拿不出錢去醫院生產，蔡威廉難產而死。

文章對這二人的身世含糊其辭，文字也較生澀，在沈從文散文中屬於下品。

我初讀時不明白為何這篇文章會被選入沈從文散文集。後來才知道，原來這蔡威廉和林文琤都不是一般人，大有來歷。

蔡威廉是民國大教育家蔡元培長女，從歐洲習得油畫回國，二十四歲就被聘為杭州國立藝校教授，是名重一時的油畫家。趙無極、吳冠中都是她學生，吳冠中自傳《我負丹青》中也提到她。

她丈夫林文琤是美術教育家、評論家和翻譯家。杭州藝校就是他和好友林風眠一起創辦的，林風眠任校長，他任教務長。他二人是從老家梅州一同留歐的小伙伴，與同是梅州人又一同留歐的詩人李金髮一起被號為杭藝梅州三劍客。

人家可不是去外國跟「境外反動勢力」勾結上了就回國搞「造反有理」，都正兒八經考入名校讀書拿到學位。林風眠和李金髮進的是美術學院，專攻繪畫。林文琤進的是巴黎大學，專攻法國文學和西方美術史。中法文俱佳。一九二二年教育部長蔡元培赴法參觀畫展，他充當翻譯，領著蔡到處觀賞，還把他帶去林風眠的陋屋。當時林風眠雖已拿到美展金獎，但還是窮得要命，愛才的蔡元培一看他的窘況，便資助了他三千法朗。

不過我這裡主要想講講林文琤。

那年蔡元培在法國發現的另一位人材就是林文琤。他是三劍客中的小弟弟，時年十九歲，英俊少年，才華橫溢，蔡元培為中國展廳寫的序就由他譯成法文，他還用法文寫了篇論文評介中國美術，蔡元培看了激賞，拿回家給正在比利時學美術的女兒蔡威廉看，想是那時已看中了他作女婿。而蔡威廉也正是從此萌生傾慕之心。八年之後二人在杭州藝校相遇，自是一拍即合，有情人終成眷屬。

作家葉兆言有篇文章講到林文琤，題目叫〈高開低走的林文琤〉。是的呀，你想那林文琤當年，少年得志，二十五歲就事業有成，一不小心還成了教育部長的乘龍快婿。夫人才貌雙全，更兼兩情相悅。何等的高大上。

然而好景不常，正遇上日本侵華，戰亂中他夫妻二人攜兒帶女一路流離到昆明。八口之家，一貧如洗。那時不像現在盛行貪腐，當個科長也可以撈得盆滿鉢滿；蔡元培官至公卿，卻是兩袖清風，不僅沒撈外快，還因資助學生太熱心，連自己的家財都散盡。對女兒愛莫能助。只能眼睜睜看著她死於貧困。

林文琤痛失愛妻，獨自教書鬻文撫養六個子女和老母，日子過得艱難困苦。不過他還是

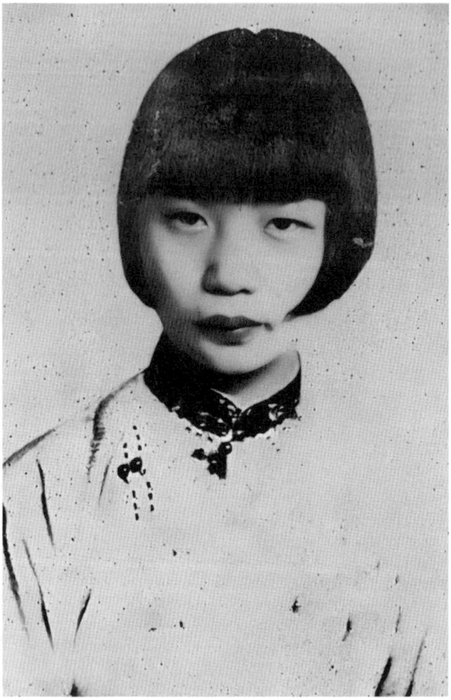

蔡威廉（1904 - 1939），中國油畫家，為學者蔡元培之女。

著述不斷，譯著有波德萊爾《惡之華》、大仲馬《二十年後》，還將《唐宋傳奇》譯成了法文。

四九年他選擇留在大陸。因他思想一向左傾，大女兒還是中共地下黨員。他先是在中山大學任教，後調到南京大學。前幾次政治運動都有驚無險地過了關。到了一九五七年，他的噩夢開始了。大鳴大放中，他發言給校領導提了幾條意見，自稱是「合理化建議」。於是反右一來被抓了個正著，打成右派。又翻出他曾入佛門的事，再加一條「反動會道門份子」，判刑二十年。老母哭瞎了眼睛，第二任太太被逼瘋。

好不容易在「四人幫」倒台後刑滿出獄，他已是殘病老者。雖然還想寫點東西作點事，但心有餘而力不足了。後半生可說是落到了人生的谷底。

林文琤四九年後再無建樹，唯一譯作是他在獄中完成的。一九七五年，國家出版局有意把魯迅《中國小說史略》譯成法文，竟到處找不到能夠勝任的人。就有人提出林文琤，一查，此人是在押囚犯。遂由中央特批，點名讓他幹這活兒。這倒改善了他的獄中處境。這本譯著在他出獄後的一九七八年出版，得稿酬九百元。

同是留在大陸的好友林風眠，命運比林文琤也好不了多少。他的藝術理念為新政權所不容，一九五一年他一看情況不妙，索性辭職到上海以賣畫教畫為生。但躲進小樓也別想成一統，他這一招躲過了前面的歷次運動，卻躲不過文革。在階級鬥爭腥風血雨中，他一見周遭朋友被整得死的死殘的殘，預感自己也在劫難逃，趕緊把自己的兩千多幅畫浸入浴缸踩爛，然後沖入馬桶。就這樣也沒逃過無產階級專政的鐵拳，畫還沒毀完紅衛兵就衝進家來了，把他拉去關押批鬥，後來還以莫須有的特務罪名將他逮捕入獄，九死一生。好在他命大，熬到了一九七七年，終以去巴西探望妻女的名義到了香港。這才有了他後來的再創輝煌。

說起來，杭藝三劍客中，只有去了美國的李金髮算是無風無浪，到公卿當然談不上，但至少保住了個人的自由和尊嚴。

我對這個世界沒甚麼可說的

不知道是不是活到了日薄西山的歲數，眼看著發生在身邊的很多事，我都會油然想起沈從文快去世時對他得意門生汪曾祺講的一句話：「我對這個世界沒甚麼可說的。」

那時，他突然像出土文物一樣重放光輝，採訪者絡繹不絕，評論他的文章一篇接一篇，工資待遇飛躍到部長級，出門有車接送，還分到一套大房子，終於有了自己的書房和書桌，不過黑色幽默的是，這時他連在房內走動都步履蹣跚，更別說伏案寫作了。

我因此又聯想起美國作家傑克．倫敦半自傳體小說《馬丁．伊登》中一個細節。主人公馬丁自我奮鬥，從一個半文盲的工人成了小說家。功成名就後，各路名流趨之若鶩，請他赴宴，邀他演講。就連當初將他拒之門外的姐夫也親自上門請他吃飯。

「這世界真是讓人想不通，」馬丁忿忿地自言自語，「當初我快餓死時，想討一塊麵包都難，現在我有錢吃豪華大餐了，這些人卻都搶著來請我吃飯。」

糾結於諸如此類的問題，馬丁最後竟跳海而死。幾年之後，傑克．倫敦本人也在四十歲的盛年自殺身亡。他的傳記作者認為，身為一個社會主義者，傑克．倫敦跟他小說主人公馬丁．伊登一樣，也是「對資本主義社會感到幻滅」而死。

我很懷疑這一說法，因為有更多的社會主義國家作家也是自殺身亡的：蘇聯的馬雅可夫斯基、葉賽寧、茨維塔耶娃、法捷耶夫、……中國的老舍、傅雷、徐遲……數不勝數。

我想，一個作家在盛名之中走上絕路，其實大抵是痛感「我對這個世界沒甚麼可說的」了吧？因為作家的職責就是講述這個世界，一旦自感沒甚麼可說的了，還活著幹嘛？

關於傑克倫敦，我還想補充一點，他的好幾本作品都甚具預言性。比如他出版於一九〇七年的小說《鐵蹄》，指出社會主義和資本主義都可能向極權主義轉變，還對法西斯主義將要興起作出警告。一九一〇年，他甚至寫了一本關於中國的政治幻想小說，名叫《前所未有的入侵》，書中假想有一天中國強大到了可怕的程度，以至於……結局我還是不說為妙。

我沒有看到這本書的中譯本。我想，假如有中譯本的話，那些動輒一地玻璃心的民族主義暴民看了，一定會澈底瘋掉，恨不能去九泉之下打殺這位神一樣的預言家。

動物童話

不止一位讀者問我：你小說人物有沒有原型呢？我回答：「當然有。」不過，正如毛姆所言：原型只是想象力的起點，當作品完成之後，讀者看到的那個人物形象，與其原型已面目全非。這一點，我在讀《奧威爾日記》時，又一次領會。

奧威爾的《動物農場》是我最愛，讀《奧威爾日記》，我發現，《動物農場》裡面那些動物不僅有人的原型，也有動物的原型。比如書中那隻叫老少校的豬，人的原型是馬克思和列寧，動物的原型則是奧威爾那條叫馬克斯的狗。狗狗馬克斯在小說裡變成了豬，性情也大變。奧威爾喜歡的山羊穆里爾則在小說裡還是山羊，名字還叫穆里爾。

奧威爾一生熱愛鄉村生活，喜歡養植，只要有點條件他就種莊稼，養動物。他日記中記載了他所養過的動物：馬、驢、牛、鴨……他最愛養山羊和雞，因為這兩種動物馴良好養。當然還有經濟上的考慮，羊奶和雞蛋可賣了換錢，是他一項重要收入。

山羊和雞在《動物農場》裡都是群眾角色，愚昧無知，頭腦簡單，連「動物七誡」也記不住，只知道盲從公豬拿破侖，當另一名豬頭雪球把「動物七誡」簡化為八個字「四條腿好，兩條腿壞」，山羊和雞才總算記住了，遂高呼著這句口號跟在豬們後面搖旗吶喊鬧革命，推翻了人類的殘酷統治。

革命成功，雪球豬卻遭到拿破侖的清洗，拿破崙豬變成獨裁者，統治動物們比人類更狡猾殘暴。他將動物七誡修改為：「四條腿好，兩條腿更好」，腦殘的羊們雞們也都傻傻地相信了他。「任何動物不能傷害其他動物」也被修訂為「任何動物不能無緣無故傷害其他動物」、「任何動物不得飲酒。」則被修訂為「任何動物不得飲酒過量。」羊們雞們懵然不知規則被修訂了，牠們識字有限，記性又差，根本就不記得原文是甚麼了。

不過，當動物們在窗外偷窺到豬們在豪華宴會廳裡學著用兩條腿直立，跟那些被請回來的人類農場主握手言歡，還是有點吃驚。但事到如今，就連比較聰明的動物也搞不清誰兩條腿誰四條腿了。

再說，在拿破侖培訓出來的走卒九條無名狗嚴控下，動物們也只好相信新修訂的七誡，老老實實接受豬們的專政。

以前我總納悶：奧威爾為何把革命領袖定為豬而不是更為高壯的牛、馬、或驢呢？看了他的日記我明白了，這純粹是出於小說家的個人愛好。奧威爾養過很多動物，但從不養豬。他對豬這種動物沒好感，認為牠們表面上老實憨厚，其實最狡猾奸詐。所以就派牠們作反派角色。

中國作家中，沈從文大抵是認同奧威爾對豬之看法的。文革中他被下放到「五七幹校」養豬，在寫給領導的工作報告中，他寫道：「牛比較老實，一轟就走；豬不行，狡詐之極，外像極笨，走得飛快，貌似走了，卻冷不防又從身後包抄過來……」

我想，若他也寫一本動物童話，大概也會將豬設為反派角色吧？

都有一本血淚賬：《費正清中國回憶錄》

這是革命樣板戲《智取威虎山》裡的一句唱詞，解放軍楊子榮聽民女小常寶控訴了土匪罪狀，義憤填膺，就唱了這麼一段：「普天下被壓迫的人民都有一本血淚賬。」文革結束時，劫後餘生的人們重逢，講起自己運動中遭的罪，一言難盡，這句唱詞就會破口而出：「都有一本血淚賬。」

我今重讀《費正清中國回憶錄》，情不自禁也想起這句唱詞。

費正清三四十年代在中國住過多年，朋友遍及民國各界知識精英。一九七二年，中美關係破冰，他作為「中國人民的好朋友」，首批獲邀訪中。事實上。在國共兩黨之爭中，一向傾向中共的費正清，此時雖對中共已有點寒心，基本上還是保持自己當年觀點的。訪華之前，他已聽聞當年老友多遭不測，心知「訪舊半為鬼」，然而還是希望能見到活下來的人。

他最好的朋友梁思成夫婦均已去世。梁思成為了保護北京古建築多次進言，五七年因此被打成右派，文革遭到殘酷批鬥被迫認罪。《人民日報》發表了他那份認罪書（那時還沒電視，不然肯定會讓他表演電視認罪）。這位救了日本奈良古城的學者，卻救不了自己祖國古城。一九七二年他死在清華大學一間沒暖氣的小破屋。

這些細節費正清自然不知道，四九年後他們就中斷了聯繫。他提出想見他們的兒子梁從誡，答曰人不在北京（在農村勞改）。他提出要見葉企孫，也遭到拒絕。這位中國物理學領軍人物，楊振寧、李政道、錢偉長的老師正命垂一線，當然見不得；他又說想見金岳霖等學者。結果由外交部長、也是他當年朋友的喬冠華出面搞了場宴會，把他尚在生的知名朋友請來了一些。

這一見，即使是相信「共產主義對美國有壞處但對中國有好處」的費正清，也感到了這些老友「我見猶憐」的慘況。

人們總是說，費正清是因為「六四」一夜之間改變他對中共評價，寫出那本推翻他自己一生中國研究的《中國新史》（China：A New History）的，其實不然，早在這本寫於一九八二年的中國回憶錄中，他已流露出他對那一政權的懷疑。關於老喬那場宴會，他寫道：「喬冠華的的老師、也是我們的好朋友、邏輯學家金岳霖和法學家錢瑞昇也都前來參加宴會。他們穿著嶄新的制服，由專車接到現場。這兩人都處於被隔離的狀態。錢瑞昇一九五七年被打成右派分子，從此便與公眾生活隔絕了。事實上，他被安排坐在桌角處，盡可能遠離主人。我幾乎料想宴會給他的只是幾根狗骨頭罷了。」

會後這兩人被允許去費正清酒店房間。但兩人除了對老友重逢表示高興，對自己這二十年多來的遭遇隻字不提。錢瑞昇「唯獨加重語氣說了一句話：從現在起中國將會追隨馬克思主義五千年。這無疑在巧妙地向我傳達這樣的信息——才不呢！」

不過最令人叫絕的是他寫與張奚若的一席談，張奚若是中國政治經濟管理學的奠基人，

費正清（John King Fairbank, 1907 - 1991），是美國漢學家、歷史學家，哈佛大學教授。

「中華人民共和國」這一國名的建言者，〈義勇軍進行曲〉被定為國歌也是他的動議。費正清在北大校長周培源出面搞的另一場宴會中與張重逢，他很好奇張奚若這位「儘管曾充當集權主義的官僚，有個時期還掌管著高等教育的自由主義人士，卻奇蹟般地倖存了下來。」

而最奇的是：「他滔滔不絕地說了很多話，但似乎甚麼也沒說。」

這位徐志摩口中「有名的大炮」，如今已跟民國時期判若兩人，變成了馴服工具。其實反右運動中張奚若一如既往，大喇喇地提了不少意見，不料提完一看，嚇出了一身冷汗：周遭的同仁們紛紛中招倒地，成了右派分子遭到殘酷批鬥無情整肅，只剩他一人茕然而立。

「張奚若為何倖存，」費正清寫道，「這是一個謎。」

其實他前面那句話已說明了張奚若倖存的部分原因。張已嫻熟掌握中共官場說話技巧：假、大、空。說了半天甚麼也沒說，務以讓人聽得一頭霧水為要。吃了一次大虧，他學乖了。

另一名倖存者經濟學家陳岱孫也出席了宴會，其生存之道卻是，「沉默是金」。五二年思想改造運動中，陳岱孫慘被修理，令這位紳士風度的留美學者悟出了這一生存之道。從那以後到一九七六年，他沒發表過一篇論文，沒作過一次學術演講。開會更是絕不提意見。不過就這樣文革中他也還是被抄了家。，被打成「資產階級學術權威」，之所以沒加「反動」二字，全仗他這「沉默是金」的生存術。

那次周培源宴會中，費正清恩師蔣延黻的得意門生、歷史學家邵循正也來了。邵同樣保持沉默，一言不發。只是在告別時「突然壓低聲音對我說：『繼續寫下去！』這句平淡無奇的話以其隱含的求助更讓人痛心。」

費正清文筆一流，似曲卻直。且看他如何寫《江村紀事》的作者費孝通：

「那次晚宴我們還見到了一位老朋友，社會學家費孝通。他剛剛從『幹校』回來，在那裡他學會了如何種棉花。此外，他向我們展示了他結實的肌肉，那是他給站在牆上的泥瓦匠拋磚練出來的。然而費孝通處於某種受壓制的狀態，被告知不准與我們用英語交談。隨後，當我們訪問他所在的民族學院時，他也依然保持沉默，由學校負責人——一位毫無民族學知識的軍宣隊員自命不凡地給我們作介紹。」

費正清始終沒見到的葉企孫，就因為不能保持沉默而倒了大霉。葉企孫其實一直左傾，當年甚至秘密支援冀中八路軍。拿出自己的積蓄為八路軍輸送糧草彈藥，還把自己視如兒子的愛徒熊大縝送去晉察冀軍區，幫八路軍製造炸彈地雷。不料正是這一行為害死了熊大縝也害死了他自己。

這熊大縝是葉企孫最得意的門生，葉本來要送他去德國深造。抗日戰爭開始，葉企孫便支持他去「解放區」打遊擊。開始熊還受到重用，任軍區供給部長，專為八路軍製造彈藥。據說電影《地雷戰》就是根據他的事蹟編出來的。誰知後來延安發來指示，叫成立「鋤奸隊」以清洗「混入革命隊伍的國民黨內奸」。熊大縝因來自敵佔區，自然首當其衝，被秘密逮捕並遭處決，為了節省彈藥用石頭砸死。

葉企孫聞訊大慟，幾次上書要為他平反。這下惹火燒身，人家懷疑他是特務後台。到了文革，把他也打成美蔣特務。一九六七年更被拘捕。兩年後被放回來已成一殘疾老人，兩腿腫脹，小便失禁，身體彎成了九十度。這樣子哪能見外賓。所以費正清、趙元任、楊振寧回國要見他都被拒絕。幾年之後，他就悽然去世。

費正清當然不知道這些，不過僅從他所看到的這些表面現象他已察覺，老朋友們處境都不妙，即使是那些宴會的主人周培源和喬冠華也都似有難言之隱，諱莫如深。臨行周恩來也舉辦了一次宴會招待他，宴會中二人相鄰而坐，但四個小時中二人只有一次直接對話。

周恩來問：「你認識龔澎？」

費正清答：「認識。」

「除此以外我還能說甚麼呢？」費正清在回憶錄中這樣感嘆。這段對話明明也是廢話。周恩來當然知道他認識龔澎，二十六年前他們在重慶經常一起見面。但周已不再是當年那個在統戰美國人的宴席上搖頭晃腦慷慨高歌的老友計了，他已成了一名伴君如伴虎的總理大臣。

讀完這本書我到網上查了查費正清留在大陸的老朋友們的經歷，死於非命的那些就不說了，就算倖存下來活到了八九十年代的錢瑞昇、費孝通、周谷城、陳岱孫等一代宗師，四九年之後也再沒著述，更別提重大建樹了。我原來以為只有文學界藝術界如此，沒想到社科界科技界也如此。精英們不分左右高低，沒有成就，都有一本血淚賬。

費正清本人倒沒有因此完全轉向，他依然是「中國人民的好朋友」。讓他變成不那麼好的朋友的，是一本名不見經傳的小書，書名叫《毛澤東的囚徒》。

九十年代我在大陸一朋友家看到過這本書，是一本油印的小冊子。作者鮑若望。他母親是中國人，父親是法國人，本人出身於北京，擁有法國國籍。二戰時，他加入美國海軍陸戰隊作戰。四九年留在了北京。一九五七年以反革命罪被捕入獄，在勞改農場呆了七年。

一九六四年戴高樂政府承認北京時，把釋放鮑若望作為條件之一，他才得以獲釋，回法國定居。十二年之後，他與一位美國記者合作寫了這本書。

我讀到這本書時大概是八十年代中，當時我已讀過了索爾仁尼琴的《古拉格群島》，也讀過一些講述中共勞改農場的小說和回憶錄，但這本書還是讓我震驚，一是作者那種有如《格列佛遊記》的敘述風格，故事雖奇特，但他心平氣和娓娓道來，反而更加令人信服。二是他還時不時說幾句時髦的革命話語，讓人覺得那些革命話語已經深入到他靈魂血液，以至不假思索就會流出。

後來我讀《費正清中國回憶錄》，竟然看到了書中有篇文章是評這本書的。一向親共的費正清，正是因為這本書跟中共的關係出現了轉折。

費正清這篇書評起先是發表在《紐約時報書評》上。文章的措詞和評述其實客觀溫和。對那些令我難以置信的情節，他也只是輕描淡寫地說：鮑若望年紀輕，適應性很強，因而得以在繁重的體力勞動和一九六〇至一九六一年普遍營養不良的情況下生存下來。其內容似乎是真實可信的。

費正清還將蘇聯監獄和中國監獄作了一番比較，評斷說中國監獄比蘇聯好，因為據他了解，中國獄卒和犯人一樣挨餓。文章中只有一句較重的話，說是這本書「讓我們了解到中國國內就如同古拉格群島。」

這篇書評引起中國的怒火，中國駐華盛頓辦事處大使韓敘對他說，他不應該寫這篇文章，這是一種對中國不友好的行為。費正清反駁說：「在美國觀念中，作為一名教授，他的職業責任要優先於友誼關係。這本書意義重大，我無法躲避對其評價的責任和義務。這是我的職責所在，如果擔心冒犯他人而拒絕評論，那我還有甚麼用處呢。」

結果一九七七年他申請中國簽證，就被拒簽了。這導致之後他開始從另一角度思考中國問題。當然，令他徹底檢討自己以前對中國的觀點，還是「八九」民運。在《中國新史》這本他臨終前兩天交付出版的書中，他改變了自己之前對中共政權的評價，說它是專制王朝的現代翻版，承認如果不是日本入侵，南京政府也可能逐步領導中國現代化，而中共的崛起也並非不可壓制。

致命的「相遇」

青年學子們總是抱怨他們找不到選題，其實稍稍讀過幾本書，作點思考，好選題一大把。比如這幾日我交叉閱讀了幾本中國作家和中國政治人物傳記，便想出了不下十個博士論文題目，把每個論題斬成幾件便可作幾篇碩士論文，再斬小一點便是學士論文。這裡且列舉幾個：

《郭沫若之謎：從叛逆者到佞臣》

《謝偉思之謎：你從哪裡來我的朋友？》

《致命的「相遇」：三位中國作家的婚外戀》

《周恩來與田漢：中共統戰遊戲中的文人悲劇》

大家必定注意到了，其中三個論題中都隱現著周恩來的身影，有個題目裡乾脆亮出他的名字。事實上，他是所有論題的主角，其他人物都因跟他扯上關係而入題。我之所以想出這些論題，便是因為我在讀有關中國現代文學不少作家傳記時，都發現主角們命運都因與他發生交接而改變。而特別詭異的是，那些交接往往起自於一次相遇。

我最初在郭沫若《洪波曲》中看到，他與第三任妻子于立群在大火中的長沙街頭相遇，覺得好浪漫，簡直是《亂世佳人》斯嘉麗與瑞德在戰火中的亞特蘭大相遇的翻版。後來發現田漢和其第四任妻子安娥也是在逃難的船上相遇，就感到有點蹊蹺。再後來看到周恩來把趙清閣派到單身逃難的老舍身邊，便隱約感覺前面那些「相遇」不那麼簡單。果不其然，我後來從有關回憶錄看到，它們都是那名統戰高手精心調度的結果。

再後來，我從好幾本書看到：抗戰中美國駐華外交官謝偉思與美女演員趙蘊如之戀，也是起自於重慶公交車上的一次「相遇」。趙蘊如後來寫了一本書談及那場相遇，書中說謝偉思是主動的一方。誰信吶！這是一名連自己的母親和女兒都出賣的女人。而後來發生的事情證明，趙蘊如跟趙清閣、于立群和安娥一樣，也是周恩來手中的一枚棋子，與他有著千絲萬縷的關係。不同的是，她們都只動用一次就到位，她則被他動用了多次。

共產黨鼻祖考茨基的名言：「不擇手段，目的就是一切。」在周恩來身上體現得淋漓盡致。紅軍中早年地位僅次於朱德和毛澤東的龔楚，在其回憶錄中描述周恩來道：「周恩來到蘇區後堅決執行共產國際的三光政策，不但把地主殺掉還把富農殺掉，蘇區經濟在重重盤剝之下迅速走向崩潰的同時，周對內部人也展開比毛更瘋狂的清洗，大批中下層幹部被殺，一點不亞於張國燾在四川搞的清洗。」

不過周恩來的性格顯然比張國燾更為複雜深奧。延安時代以後，其公眾形象是中共早期公眾形象的縮影，極具迷惑性，乃至於各界精英，才子佳人，一見之下，無不為其翩翩風度和魅人言談迷倒，願意為之赴湯蹈火貢獻生命。而那些入其殼中者，與其之間的關係錯綜複雜，抽絲剝繭地分析書寫出來，就是一部部生動紮實的文學、歷史、人類學、甚至國際關係學專著。

永抱遺編泣斷弦

昨天說起中國大陸歷盡劫難老更成的知識份子，想想，還遺漏了一位，程千帆先生。

程千帆先生和他夫人沈祖棻先生的經歷，其實最能說明中國大陸那一代文化精英的命運，不管你怎麼大才大德，先得命大，才能在那種刻意摧殘知識份子的環境中活下來。

程千帆是黃侃的關門弟子，他聽完黃侃的課程還沒畢業，黃侃就去世了。其實說起來，程千帆不僅師從黃侃，他的老師頗有幾位是一代宗師。他跟黃侃讀經學通論、《說文》、《文心雕龍》，跟胡小石學文學史、甲骨文、《楚辭》，跟商承祚學古文字學，跟吳梅學詞曲。還把吳梅最得意的門生、大才女沈祖棻追到手，沈祖棻當時已寫出了「有斜陽處有春愁」等名詞名句，被譽為李清照以來第一詞人，他們兩人正是天作之合，所以當時有「昔時趙李今程沈」之說。

不幸沈祖棻一九七七年遭車禍而死，沒有活到能夠重放光輝的一日，她四九年前的作品，只有薄薄的一本《涉江詞》。還好丈夫程千帆活了下來，才將她的遺作《宋詞賞析》《古詩今選》等整理出版。

說起南京大學一九七八年挖掘程千帆的故事，也令人唏噓。當時他已流落為武漢一無業居民。五七年被打成右派，他從原任教授的武漢大學下放農村勞動。七六年好不容易摘帽回城，夫人卻遭車禍身亡，武大將他強行退休。給他的退休工資是大學本科生工資還打七折，四十九元。後來南大校長匡亞明要振興南大，聽說他還沒工作，就派人去武漢找他。

程先生的口述回憶中對這事有記錄，說是來人光是找到他棲身的陋室就花了幾小時，「因為我住的地方很偏僻，是過去蘇聯專家汽車司機的住宅，那些專家是修武漢長江大橋的。大橋已修好多年，專家已撤走很久，那房子一直沒人住。」還好尋訪者決心大幹勁高，終於找到了他。一看到他就問他去南大有甚麼條件。程先生的回答真讓人淚目，他說：「我沒有甚麼條件，我只要工作。」

這年他已六十五歲，只因聽信了老毛大鳴大放的鬼話，發了幾次言「幫黨整風」，就給弄去農村勞動改造十八年。他在口述回憶中說：「我從小最大的野心就是做一個教授，我做了教授，有機會作一個教授應該作的事情，卻給他們掠奪了。我作學問最適當的年紀，全給放牛放掉了……這是虐待知識份子最惡毒的一個方法，我不知道是哪個智囊團給想出來的，非常刻薄。對我來說，這是最厲害的懲罰。」

現在南大給他工作的機會，讓他重上講堂，他自然二話不說，工資待遇都沒有要求，收拾幾口破箱子，孤零零來到南大。從此豁出命來幹。從這年到他去世的二十一年中，他出版了從校讎學到古典文論、以及各種古漢語文學文字方面的專著三十多種。

他還特別注重教學，從大一語文課到帶博士生，每一堂課都認真備課講解。學生的功課，從本科生作文到博士論文，他都一字一句批改。成為南大最受歡迎的老師。

我第一次知道程千帆的名字是從《唐詩鑒賞詞典》，那書是他寫的序。後來才知道，領銜編寫這本詞典的眾學者中雖然不乏大師級人物，但老的太老，如俞平伯、唐圭璋等先生，作不動了；年輕一點的又嫌稚嫩，所以程先生是挑大樑幹活的主力。

像這類活他還幹了不少，如《宋詩選》《全清詞》等等。還寫了無數學術論文，還把亡妻的遺稿一頁一頁整理出來，校勘出版。真是厚積厚發，拼老命要把那被掠奪的二十多年時間搶回來。

我讀他為亡妻整理出版的《宋詞賞析》，最為感傷，想起了他悼亡妻的詞句：「難償憔悴梅邊淚，永抱遺編泣斷弦。」他說這一生最對不起的是沈祖棻，「她是一個富家女，本來可以過好一點的日子，我讓她吃了這麼多的苦……我要以更多地理解她的作品表示對她的懺悔。」

其實對不起沈祖棻的怎麼是他呢？他與她相依相守四十年，才子佳人，本應是神仙眷侶，卻落得這「相思已是無腸斷，夜夜青山響杜鵑。」的傷痛。

「相思已是無腸斷，夜夜青山響杜鵑。」這是程千帆先生悼亡妻沈祖棻的《鷓鴣天》詞中句子。也許因為我是那一時代過來人，吟來竟比東坡、放翁悼亡妻的詞句更傷感。

無腸斷，這是創巨痛深，肝腸早已寸斷。程先生的親朋師友多是知識份子，多災多難的時代，慘事連連。他回憶中寫到一事，文革中接老友來信，告訴他音韻學大師趙少咸先生窮一生之力寫下的《廣韻疏證》書稿，二十八冊，二百六十萬字，四川大學紅衛兵把它們搬到八十二歲的老人床前燒掉，簡直就像當著父母面燒死他兒女一樣。老人悲憤而死。「我接到殷孟倫先生這樣的信，」程千帆回憶道，「簡直哭都沒法子哭。」

他自己所在的武漢大學，教授們個個難逃被批鬥厄運，校長李達給鬥死，經濟學家楊端六、作家袁昌英夫妻，一個自殺身亡，一個被遣送回原籍病死，更有著名科學家張資珙教授被紅衛兵活活打死。這樣錐心泣血的事他耳聞目睹太多，所以分居兩地十多年的老妻好不容易把他盼了回來，卻突遭車禍而　，他只能長歌當哭了，「文章知己千秋淚，患難夫妻四十年」，他真是痛到無腸可斷。

作家葉兆言有一篇記沈祖棻的文章說到，他的祖父葉聖陶很佩服程千帆先生學問，「不過更佩服的是沈祖棻先生……他對沈先生的評價之高，讓我目瞪口呆。認為她是李清照之後第一人。」

這樣一位風華絕代的才女，卻命如船篙，「受盡了折磨，歷盡了風波。」青年遭逢戰亂，中老年遭逢政治運動，為右派分子家屬身份所累，受盡打壓欺凌，更別說施展才學了。文革中，她給外孫女的一首詩中寫道：「兒生逢盛世，豈复學章句，文足記姓名，理必辨是非。」

葉兆言文章中說，有識之士認為這詩句中「含有人生不得志和反諷的意味，與蘇東坡的『人皆養子望聰明，我被聰明誤一生，惟願孩兒愚且魯，無災無難到公卿。』異曲同工。」

我又要發出疑問了：是嗎？

沒錯，蘇東坡那詩確有反諷其政敵愚且魯之意，慨嘆只要跟從朝廷就可以無災無難官運亨通。沈祖棻的詩則只是實話實說。生逢這種流氓當道無理可喻的時代，要苟全性命於亂世，她唯願兒女不要知書識禮，粗通文字便可。但在那種隨意竄改歷史、鼓吹階級鬥爭的仇恨教育下，孩子們動輒被洗腦成那種幹出禽獸不如勾當的紅衛兵，所以她又加上一句：理必辨是非。

可是怎樣既讓孩子接受那種學校教育又能明辨是非呢？

這是沈祖棻的困惑，也是好幾代中國人的困惑。

不知道別人怎麼想，我作自己九十年代人到中年身無分文還移民香港，白手起家，重新來過，就是為了走出這種困惑。

誰知人算不如天算，一眨眼，我發現自己又陷入了這種困惑。

拍案驚奇

網上有個「私人史」網站，收集了很多個人回憶錄，大部分是知識分子，其中不乏老一輩文藝界精英人士，像賈植芳、葉淺予、黃永玉、黃宗英等等，近日剛去世的名律師張思之也有好幾篇，不過除了一篇回憶他青年時代如何加入地下黨搞學運的，其他篇都被打上了個紅色驚嘆號，下注「此內容因違規無法查看」，被封殺。

也有自己不太有名，但其前輩曾經大名鼎鼎的，如于光遠的女兒于小紅、嚴獨鶴的兒子嚴祖佑、章乃器的外孫女陳小春等人的回憶，其實他們文章的內容更驚心動魄。因為說出了一些父輩不能講不敢講的話。還有雖不太有名，但見解見識比大名鼎鼎人士更深刻高超（也許就因這出不了名），看得我屢屢拍案驚奇。

他們大都是回憶一九四九年之後在大陸的遭遇。主要是文革十年。因為文革延續時間最長、打擊面最廣，許多歷次運動都逃過了的老文人、老革命、老左派，在這場運動中都在劫難逃。

尤其是老左派，他們在前面那些運動往往是整人者，到了文革驚見自己變成了被整者。這下是左中右人士一鍋端，都被打成「牛鬼蛇神」，地富反壞右之外，又添叛徒、特務、走資派，黑八類分子在牛棚大會師。時為中國教育出版社編輯的語言學家周有光憶述：「我們單位七十幾個人，有二十幾人打成黑幫分子，還不算我們反動學術權威和右派分子。」

天津作家林希有段牛棚描寫殊為驚悚。他早在胡風運動中就中招，文革來了自然是老牛鬼。一天，他被「革命群眾」抓去暴打一頓，扔進牛棚。過了一天一夜才醒過來，發現自己還活著，正痛不欲生，突然發現旁邊還有個人，也被打得血肉模糊命垂一線。定神一看，此人竟是他們工廠黨委書記，他倒心定了。

書記多年來都把他當階級敵人鬥，現在自己也成了階級敵人，便把他當成了難友。書記其實只有小學文化，現在落到這個地步，完全不知道發生了甚麼事，只好可憐巴巴地討教自己這名前敵人道：「林希，你是讀書人，你說這是怎麼回事？」

林希也不懂，但自以為已經被革過幾次命了，比這初嘗革命苦果的傢伙還是要懂得多一點，便回答道：「這就是革命。」

其實他這也不完全是挖苦書記，這就是他當時對革命的理解。紅歌裡不是天天在唱嗎：「共產黨領導咱鬧革命，奪過鞭子揍敵人。」現在他們都變成敵人了，自然只有挨揍的份。

別說林希這種對政治一竅不通的書生了，就算是「馬列主義理論家、經濟學家」于光遠，對那場革命又懂得多少呢？「私人史」裡收有于光遠的〈文革雜記〉，也收了他女兒于小紅的〈白花丁香樹〉。對照著讀頗耐人尋味。

我拜讀過于光遠的政治經濟學大作，不認為他對政治經濟學有任何新建樹，哪怕是馬列主義政治經濟學，無論是資本主義部分還是社會主義部分。說得難聽點，以毛著打頭的這類中共哲學、政經學著作，只不過是二道販子三四道販子的貨色，而且是摻了假注了水的偽劣產品。難怪五六十年代，他們這類理論家科學家都成了「總路線、大躍進、人民公社」的吹鼓手，加入到「水稻畝產萬斤」「南瓜嫁接蘋果」的荒誕合唱。如若說于光遠對中國建設有過甚麼貢獻，也就是改革開放時對鄧小平以市場經濟取代計劃經濟的舉措作了理論解釋。而市場經濟早由西方經濟學家提出了一個多世紀，且已由歐美資本主義國家的實踐證明是迄今為止最成功的經濟體系。

我更有感觸的是于光遠的個人悲劇。眼睜睜看著自己深愛的前妻被人整死，至死也不敢承認自己有五個女兒而不是四個，只因那個女兒是跟右派妻子離婚之後生下來的。而且，就連回憶錄中也對前妻和三個大女兒不置一詞，要不是看了于小紅回憶，我還以為他只有後妻和兩個小女兒。這是多麼慘痛的悲劇！何況，從他自己和女兒們還有其他人的回憶看出，他並非無情無義之人。

他的傳記中提到，他早年學的其實是物理，他老師周培源甚至把他的畢業論文拿去給愛因斯坦批改，認為前途無量。後來投身革命，參加共產黨，便放棄科研搞政治了。之後他平步青雲，三十多歲已居國家科委副主任高位。所以後來在放棄前途還是放棄妻子之間，他只能選擇前者，把心一橫「紅心向黨永不變」了。他的悲劇，其實是一代人的悲劇。

而最可悲的是，他們這些上當受騙的人，從高官到草民，很多人到死還不肯承認現實，甚至還教育下一代重蹈他們的覆轍。林希說他當中學老師的哥哥被學生鬥得不想活了，還泣告他道：「如果我出了意外，你要把你姪兒姪女撫養成人，教育他們熱愛毛主席，聽黨的話。」

如果說這是一篇驚悚小說，至此，我們才看到最驚悚的部分：被魔鬼弄死的人，竟要他的兒孫認魔作父。難道魔鬼不僅攫去了他們的身體，也攫去了他們的靈魂。

助桀爲虐

以前總以為「助桀為虐」是個貶義詞，今讀一些有關「民主人士」的回憶，覺得這詞兒中之貶義似應斟酌，或許該算個中性詞吧？

所謂民主人士，在中國大陸是一九四九年前後對各民主黨派人士的統稱。他們在國共內戰中給中共幫了大忙，幫中共獲得了政權，部分勞苦功高者在政府中獲得高位，令新政權頗有幾分多黨執政的民主氣象。到了一九五七年反右運動，民主黨派首當其衝遭到整肅，其中之老大民盟全線崩潰，除了極少數如胡愈之、吳晗、史良等反戈一擊有功之外，其高層被一鍋端。至此，國是一如毛澤東得意洋洋所言，「和尚打傘無法無天」，連「人民民主專政」的委婉詞都不用了，乾脆，無產階級專政萬歲。

被打成右派的民主人士成為中國民主覆滅的首批殉難者，遭遇悲慘，這是有關回憶錄的主要內容，其情固然可嘆。然而也許是見多不怪了，我在讀這類回憶錄時，更多的想到的卻是另一方面：為甚麼會如此？

這些民主人士多是高級知識分子，不像普通愚民百姓，幾句漂亮口號就可以將之蠱惑，一本紅寶書就可以把他們徹底洗腦。更別說其中很多人是接受過民主憲政教育的，怎麼會被玩弄於股掌之中？先是紛紛投靠，為之奔走呼號，繼之以出謀劃策，等到發現被過河拆橋，痛心疾首之際，又是那麼無恥地自相殘殺，斯文掃地，丟盔棄甲，潰不成軍。

我想起當初民盟五子拉上一位無黨派人士傅斯年去延安作說客的事。儘管毛澤東對傅斯年最為恭維拉攏，一口一個「孟真先生」，讚他「五四闖將」，與他徹夜長談，還送他手書條幅，但回來之後，傅斯年明確評價中共道：延安的作風純粹是專政愚民，是反自由反民主的。毛澤東不過是宋江之流，熟讀坊間各種小說，並正是通過這些材料研究民眾心理加以利用。挑動其仇恨來造反奪權。

是因為傅斯年是研究歷史出身嗎？是因為傅斯年學問比其他人高深嗎？我看不是，關鍵問題在於，他堅持自己自由知識份子立場，議政而不從政。所以他能在歷史的十字路口保持清醒頭腦。

王鼎鈞在其回憶錄《關山奪路》中有段話也許能給我們一點提示。一九四九年他在上海，國軍兵敗如山倒，他作為一名下級軍官，何去何從？一位大學教授給他的意見是：「國共兩黨都不好，作為中立人士，我們當然應當選擇勝利的那一方。」王鼎鈞受夠了國民黨軍隊種種不堪，對其深惡痛絕；但他經歷過國共長春之戰之後，感到共產黨更可怕，還是選擇了走。他說：「國民黨的確壞，但壞得有底線。共產黨之壞，我卻看不到其底線在哪裡。」

再看看堅決選擇走的知識精英，無論是去台灣的傅斯年、梅貽琦、梁實秋，還是去香港去美國的胡適、張君勱、錢穆，他們其實也是守住了一條底線的，這就是民主法治的底線。

他們比那些民主人士其實更拿有一手好牌，聲望、學問，甚至批評國民黨政府的嚴厲激憤，比那些民主人士有份量，傅斯年罵得孔祥熙和宋子文都下了台，胡適也常對蔣介石直言不諱，當面批評頂撞。張君勱愛國救國的資歷直追梁啟超。梅貽琦掌控著清華庚款基金，當時已經在巴黎，中共一直說服他回大陸，他卻帶著這基金去了台灣，用這錢創建台灣清華大學。自己卻連養家的錢都拿不出，只好把夫人留在美國自己回台灣。

敏於學而就有道：齊白石

從前看一些與齊白石交往過的人物回憶他，都不無詫異地提到他的已到吝嗇程度的節儉。然而讀了他的自述，我理解他了。從小窮怕了的人，不管後來發了多大的財，節儉的習慣已經改不掉。

他自述開篇第一句就是：「我的家，窮得很哪！」只有水田一畝，卻要養活不斷膨脹的一大家子人。祖父愛這個天資聰穎的長孫，把自己僅認識的三百來個字統統傳授給了他，但沒錢讓他上學。開館教書的外祖父雖願免費教他，無奈家中要用他這個勞動力。上了不到一年學，他就只好綴學砍柴放牛，幫補家計。

外祖父用《論語》和《千家詩》給他發蒙，失學後他仍把這兩本書帶在身邊，奉為至寶，砍柴放牛時就掛在牛角上。砍好柴，牛在吃草，他就解下書來誦讀，把兩本書讀得爛熟於心。所以，就是當雕花木匠，他作出的活也比別的木匠格高一籌，很快就在四鄉有了名氣。

到了二十歲，他看到一本《芥子園畫譜》，愛不釋手，但書是別人的，只好借來勾影複製，花了半年時間，把那十六冊畫譜全部勾影下來。從此畫藝突飛猛進，便改行去作畫匠了。

這讓他有了接觸文人雅客的機會，二十七歲時，終於遇到一位賞識他的老夫子願意教他讀書。老師教他先讀《唐詩三百首》，他只讀了兩個月就背誦如流。老師驚為天人，他卻知道：是有那本《千家詩》打了底子。

一生中他從未停止學習，見到有學問又肯提攜後進的讀書人就求教，陶冶性情，豐富心靈，讓自己的藝術更上一層樓。五十五歲那年，他在北京邂逅比自己年輕十四歲的陳師曾，一見對方畫好人好，家學淵源，學問深厚，忙送上自己的畫請求批評。陳師曾也誠懇以對，《白石老人自述》中說：「他說我的畫格是高的，但還有不夠精湛的地方。」「勸我自創風格，不要媚俗。」

那時他的畫還沒走出模仿的路子，年近耳順，依然窮窘，京中「除了陳師曾以外，懂得我畫的人，簡直絕無僅有。」賣畫的潤格比一般畫家低一半，仍少人問津。所以有「而今淪落長安市，幸得梅郎識姓名」之句。陳師曾不僅指出他畫路的優弊，還給了他一些推陳出新的具體意見，例如改工筆畫法為寫意，讓他「自創紅花墨葉一派」，開自己獨特的畫風等等。又把他的畫帶去日本展銷，引起了國際矚目，這才牆外開花牆裡香。

奈保爾的名言「寫作不僅靠天賦，主要還是要靠機遇和辛勞。」在齊白石的奮鬥史中又得到一次印證。這位國畫大師自然是天生我材，但他若不是抓住每次機遇敏於學而就有道，不斷提昇自己，也不會成功。

幸有梅郎識姓名

許多書，不同的年紀讀起來感受不同，歲月滄桑會幫你琢磨出新的滋味。近日把梅蘭芳《舞台藝術四十年》再讀一遍，就發現，跟青少年時初讀這書的感覺大不一樣。那時覺得太專業太枯燥，像我這種對京劇一竅不通又不愛好的人，讀來頗為艱難。

現在重讀，洋洋兩千多頁的巨著，兩天就讀完了，輕鬆有趣。就連他那些表演心得，唱唸做打的詳細描述，也看得津津有味。更別說其中穿插的那些個人回憶了。身為京劇超級大師，梅蘭芳來往之人也大都是不凡人物，從他的師爺輩譚鑫培到他的同輩周信芳，都有動人描述。還有跟其他劇種、其他藝術門類大師的交往瑣憶，最是有趣。

比如他跟齊白石學畫的故事。

二十來歲時梅蘭芳迷上了繪畫。老師自然都是畫壇一代宗師。有一天齊白石來他家閒聊，誇他畫藝大有長進，他就趁機說喜歡齊的畫，要求：「今天請您畫給我看，我要學您下筆的方法，我來替您磨墨。」白石老人（那時他已年過七旬了吧）便笑道：「我給你畫，你回頭唱一段給我聽就成了。」

兩人就真的一個磨墨一個畫，齊白石興起，畫了好幾張，草蟲魚蝦都有，還邊畫邊講解訣竅和心得。而梅蘭芳學完也真的給他唱了一段拿手好戲。這還不算，第二天齊白石竟寄來兩首詩，記述這事。其中一詩曰：「飛塵十丈暗燕京，／綴玉軒中氣獨清。／難得善才看作畫，殷勤磨就墨三升。」

兩位大師就這樣結下了師生情。後來有一天梅蘭芳唱堂會，遠遠地看見白石老人進門，卻沒人上去招待，連忙迎過去把他攙到前排坐下。大家看他對個衣著平常的老頭這麼恭敬，紛紛問：這誰呀？梅蘭芳扯開嗓子道：「這是名畫家齊白石先生，我的老師。」

白石老人第二天又作了首絕句贈他：「曾見先朝享太平，／布衣蔬食動公卿。／而今淪落長安市，／幸有梅郎識姓名。」

像這樣的段子，這本書裡一抓一大把。能不有味。

這事在《白石老人自述》裡也有談及，大體上與《舞台藝術四十年》差不多，但有兩點須更正。

一是年紀，梅書對年月的記載比較含糊，有時還會倒敘；齊書則嚴格按年月記載，紀事必以年歲起頭，記載與梅蘭芳相識這年是：「民國九年（庚申・一九二〇）我五十八歲。」所以我前文所言「那時他已年過七旬了吧」，顯然是錯的。

二是那日到梅家，也不是閒坐，是梅蘭芳有意跟齊白石學畫，特意約見。書中這樣記道：「記得是九月初的一天，齊如山來約我同去的。蘭芳性情溫和，禮貌周到，可以說是恂恂儒雅。」

還說「同時在座的，還有兩人，一是教他畫梅花的汪靄士，跟我也是熟人。一是福建人

梅蘭芳（1894 - 1961），中國近代京劇表演藝術家，生於北京，工旦行。

李釋堪（宣倜），是教他作詩詞的，釋堪從此也成了我的朋友。」

二人堂會上相遇之事，齊書也有記載，說：「我到一大官家去應酬，滿座都是闊人，他們見我衣服穿得平常，又無熟友周旋，誰都不來理睬。我窘了半天，自悔不該貿然前來，討此沒趣。想不到蘭芳來了，對我恭敬地寒暄了一番。座客大為驚訝，才有人來和我敷衍，我的面子，總算圓了過來。」

他書中也提到回家後作畫題詩相贈，還憶及那畫的題名是：《雪中送炭圖》。

又過了五年，到他六十三歲時那年，「梅蘭芳正式跟我學畫草蟲，學了不久，他已畫得非常生動。」

他們那一代藝術家都是非常注重修身養性的，真的是好學不倦，不斷提昇自己的文化素質，所以往往同時也在別的藝術門類卓然成家。正如齊白石不止是大畫家，還是書法家、篆刻家和詩人。

誰識風流高格調：奇女子柳如是

往往，瞥一眼電視上正在熱播的一些所謂歷史連續劇，魯迅筆下九斤老太式感嘆便不由得在我心中頓生：「真是一代不如一代了！這都甚麼玩意呀！這甚麼甄環如懿之類的，就是現如今人們的偶像嗎？我們那時候……」

我們那時候的偶像至少也是王昭君、李香君這般人物，天生麗質不是用以爭寵乞憐的，是以才華和氣節青史留名。

於是想起柳如是。

大約是九十年代末的事吧，一不小心我收藏了一幅柳如是的畫。有朋自遠方來，每每把它拿出來顯擺顯擺。然而往往並未得到預期反響。事實上，「不知柳如是何許人也」者，不乏其人；有位來客，剛才還對乾隆雍正之豐功偉績如數家珍，看到柳如是這幅畫卻輕佻地道：

「哦，那個江南名妓對吧？怎麼？她還畫畫兒？」

「她是一代才女呀！要不怎麼連她的名士丈夫都服了她。你看這畫上還有錢謙益的題詩。陳寅恪還為她寫了部巨著《柳如是別傳》，陳寅恪你知道吧？」

「知道。我還正納悶呢？他一個大學者，放著這麼多英雄豪傑不寫，幹嘛為一個妓女花這大功夫。」

我無語了。

然而轉念一想，卻也釋然。

想起了當初拍下這幅畫的經歷。

先是我因寫了本《項美麗在上海》而結識書中主人公之一邵洵美的女公子邵綃紅。一日，閒談中他們講起：邵洵美生前最欣賞柳如是，認為中國四大名妓中她才真是風華絕代之人。我便說，我不僅認同你們父親的觀點，而且猶有過之。

是的，在我眼裡，柳如是的才華氣節，豈是蘇小小李師師陳圓圓之流可以比得的。蘇小小就不說了，其人存在與否都是個疑問，另外那二位的聲名則是沾了她們帝王將相情人的光。柳如是則不同。她不僅有詩集傳世，足證其文名不虛，而且她嫁的雖是一代大儒錢謙益，卻並未因丈夫而增光，丈夫反因她而添色。

不過我最欣賞柳如是的，還是她忠於自己、為理想奮爭到底的堅守與決絕。當初她勸錢謙益自裁殉明未遂、自己投江又被救起，她卻並未就此斯人獨憔悴，而是收拾精神，拉丈夫一道參加鄭成功反清復明活動，傾盡家財資助義軍，並以自家為聯絡點，為義軍通風報訊。義軍起事前夕還親赴舟山慰勞。後來起義失敗，錢謙益病逝，柳如是便毅然以一尺白綾飄然鶴歸。何等的剛烈！

誰知他們夫婦聽我如此言語，竟點頭笑道：「那真是有緣了！父親當時收藏的一幅柳如是小畫，竟逃過文革之劫留下來了，可以給你看看。」

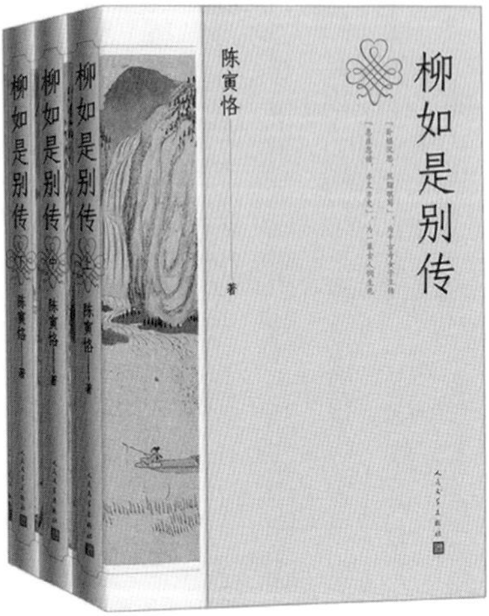

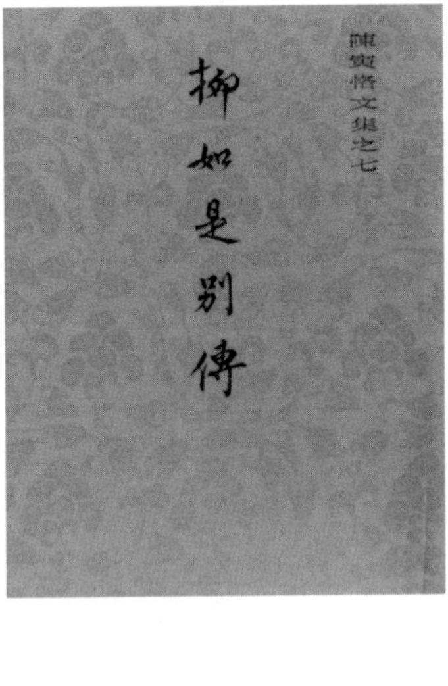

上｜陳寅恪，《柳如是別傳（上中下冊）》（北京：人民文學出版社，2024）

右｜陳寅恪，《柳如是別傳》（1980 年初版）

於是相約下次來滬時到他家賞畫。不料沒過多久卻接到他們電話，說是因籌款換房，要將那畫拿去拍賣，要我趕緊去看，不然就可能再也看不到。可等我趕到滬上，那幅畫已經在拍賣行的拍品展廳裡了。我一向對書畫一竅不通，亦從未有收藏之癖，可是站在柳如是這幅名之為〈天香濃浸〉的立軸前，卻「一見鍾情」，挪不動腳步了。衝動之下，竟將其拍下收藏。

吾兒見畫亦喜，還對畫幅上錢謙益題詩作了一番考證，考證出此詩並非錢所作，而出之於明人童冀筆下。原名為：〈題「宋徽宗石榴高宗書韓昌黎」詩〉，亦即宋徽宗的畫題上了韓愈的詩，然後被童冀看到而有感，另題了一首。不過這是題外的話了，這裡且略過。還是回到本文開頭的話題：誰識風流高格調？

話說當時跟我一道去拍柳如是畫的一位朋友，見到場上有光緒老師翁同龢的字幅，便信手拍下了。二十多年後的今天，那幅字已經漲了二十多倍。而這幅柳如是畫，卻只漲了一倍不到，從通漲的角度來看，可以說是貶值了。原因何在？唉，乃因翁同龢這些年隨一部熱播電視劇而名滿俗眾之耳了，而柳如是則至今未入那些胡編濫造的流行影視劇之彀也。

於我輩收藏者，這是不幸，可是於風華絕代的奇女子柳如是，則大幸矣。

《長樂路》：以一條路說出中國當代社會的故事

長樂路是上海一條街的名字，也是一本書的名字。二〇一八年由上海譯文出版社出版。作者是美國人史明智（Rob Schmitz），一九九六年他從美國哈佛大學，報名作為志願者參加和平隊，到四川自貢支了兩年教。他們隊友中出了好幾位作家：寫《江城》的何偉，寫《消失的老北京》的梅英東等。二〇〇一年，史明智作為Marketplace駐上海記者，帶著妻兒再到中國，租住在長樂路。一住好幾年，回去就寫了這本書。

那一年，世博會在上海舉辦，城市裡到處都佈滿吉祥物卡通海寶。上面書寫著亮麗的宣傳口號：「城市，讓生活更美好。」而長樂路上的居民至少有一半是來自農村的外地人，他們來這裡追求自己的中國城市夢。高樓大廈旁尚未被推土機推倒的殘餘石庫門房子裡，住著一些殘餘的老居民。史明智於是給自己出了一個難題：用一條路說出當代中國社會的故事。

史明智是個語言天才，跟何偉和梅英東一樣，他能操一口純正普通話，此外還會說上海話和四川話。再加上死嗑到底追求真相的專業精神，很快就跟那條路上很多居民交上了朋友：開三明治店的湖南青年CK、開花店的山東鄉村女子陳小姐、賣葱油餅的前支邊青年、現從新疆回流上海的馮大叔。還有死守家園的釘子戶陳里長、老康……都成了史明智的好友。他甚至通過一盒偶然得到的家庭舊信，挖掘出了街上一座花園洋房裡的塵封往事。所以他有足夠的底氣和幽默感，給這本書加上這個副標題：上海一條馬路上的中國夢。

我自以為對上海非常熟悉。我在那裡讀了三年書，後來又因家庭關係，每年至少要跑六七次上海，每次至少住半個月。同學朋友多多。長樂路我也去過多次，這條緊挨人民廣場的市中心長街，是我們一班朋友經常出沒之地，我有幾位朋友就住在附近，與長樂路交叉的成都南路、陝西南路、烏魯木齊中路等等，可是讀史明智這本書，我發現許多事情我都聞所未聞。

怎麼跟上海人聊過這麼多天，看過這麼多作家寫上海的書，我都沒有過這樣的震動呢？我不知道，就在我們曾餐聚的那座叫作世紀商貿廣場的對面，一對老夫婦被拆遷大隊的人半夜放火燒死在床上。老先生還是志願軍退伍兵。其中一名縱火者一年前涉嫌燒死了一名釘子戶主，就在我們曾嘆咖啡的那間詩意小店旁邊。這名兇手不僅沒被追究，還升了職，直到又涉及老夫婦慘案，才被判刑。而發生了這些慘案之後，其他那些釘子戶也都被強行拖出自己的家，淨身出戶。原地皮被政府以幾十幾百倍的高價賣給了地產商。

史明智熱愛中國，當時想必不敢相信竟會發生這等事情，他尋訪了一個又一個當事人、目擊者、死者家屬、旁觀者、讓事件真相一點一點浮出水面。陳里長，那位前花園洋房主人，一度深信法制會保護他的私有財產權，可現在，這個無家可歸的大男人哭了起來，對史明智說：

「現在我甚麼都沒有了。政府嘴巴裡說著中國夢，但那到底是誰的夢呢？」

他那穿著睡衣被拖出家的老妻說：「他們只想讓我們繼續做夢。」

不過我最感悲哀的，還是那盒舊信的故事。主人公是長樂路上另一座花園洋房的前業主，一九五七年，他被打成不法資本家兼右派，下放到青海德令哈農場勞改，這盒信就是他與上海親人、包括他獨自帶著六個兒女過活的妻子的來往信件。他大部分難友都餓死了，但他封封信都頌揚共產黨毛主席的英明偉大，表示他要「脫胎換骨重新做人」的決心。他妻子的信也都充滿這一類話語，歷時二十二年。

其間有七年，妻子的來信中斷了，因為她沒有郵票錢。一九七九年，丈夫終於生還上海，可是不獲家人接納，他最後孤單地死在一所老人院。

史明智二〇一四年在紐約找到了這家人最小的兒子。他已經移民美國，靠美國救濟金生活。日子過得優悠自在。對家庭往事，他表現冷淡，甚至沒有興趣看看那些信。他說：「我父親已經走了，一切都會過去，沒必要執著於這些事。」

當史明智問他：他覺得中國人需要甚麼樣的政府時，這位在中國經受五十七年體制薰陶、如今在美國享受美國福利的綠卡持有者回答：「我有些朋友認為中國的體制比較有效率，一個人就能作決定，不用經過對立黨派花大把時間爭執尋求妥協。」

我於是有點明白，這個國家為何會成為這樣的國家。

張允和：《曲終人不散》

這是張允和散文集的書名。讀完這本書我覺得，這書名起得真好！

張允和是著名的合肥張家四姐妹之二姐。一生愛好崑曲，所以她把這老年回憶錄叫作「曲終」，但她講述的重點是在「人不散」上。從她的父母到她的重孫，之間經歷了中國百年風雲變幻，一家人始終保持互助互愛，最是難得。

書裡有張照片是張家四姐妹和她們的夫婿：大姐夫顧傳玠、二姐夫周有光、三姐夫沈從文，以及六個弟弟合影，當時四妹張充和還雲英未嫁，幾年後才嫁了美國學者傅漢思。也跟她三個姐姐一樣，是一樁美滿婚姻。

沒錯，四姐妹之所以如此令人傾慕，不是因為她們生於名門，不是因為她們特別美麗，也不是因為她們特別有才，而是因為她們都嫁了好丈夫。

這「好丈夫」的界定，不是因為四位丈夫都是才子都事業有成，而是因為他們都與妻子相知相愛白頭偕老。其中最幸福最令我羨慕的便是二姐張允和。

大姐和四妹去了美國，和丈夫無風無浪到白頭比較容易。二姐和三姐就驚險得多，留在了國內，從知識份子思想改造運動到文革，次次風浪都沒有逃過。三姐張兆和跟丈夫沈從文之間就有了些波折，雖說有驚無險地過來了，畢竟沒那麼完美。只有這二姐，那真是夫唱婦隨風雨與共的典型。

張允和這本書裡老說自己是家庭婦女。其實她是上海光華大學高材生，中英文俱佳，滿心的報國大志。五十年代初她也熱情參加了新中國工作，在一間中學教書。不過她熱情過火了，竟然給教科書提意見。開始還好，受到教育出版社社長葉聖陶欣賞，調去北京作了編輯。不料三反運動一來，把她打了個正著，因提的那些意見被打成「老虎」。還安她「地主份子」和「反革命」兩頂帽子，被批鬥，被抄家。把她和周有光之間的情書全部抄走，一封封審查批判。

弱不禁風的她，哪裡見過這種陣仗，精神崩潰了，吃不下睡不著，牙齦膿腫，滿口流血。趕緊借治病逃回上海家中。幸好那時的人對敵鬥爭還不是那麼殘酷無情，加上丈夫是棵可以為她遮蔭的大樹，她這才變成家庭婦女。

周有光回憶中也講了這件事，說是當時夫妻倆商量，認為張允和這樣脆弱的人，經不起運動這樣子惡搞。他對妻子講：「不要工作了，政治運動的波浪你受不了。沒有送條命已經好了。」就回家看書寫字唱崑曲吧，外面的風雨讓他一個人頂。

其實周有光自己當時在上海也是險象環生。他那時還幹著自己的老本行經濟，在大學教經濟並主辦一份經濟刊物。也是熱心過了頭，竟著文獻策獻計，誰知人家把提意見都看成「猖狂進攻」。還好單位裡還有比他更「猖狂進攻」的人，讓他得以蒙混過關。不過智慧如他，已看出經濟這行離政治太近，是高危行業。便轉行搞風險較小的語言文字。果然，到了反右，

張允和（1909年7月25日—2002年8月14日），中國崑曲研究家。丈夫為中國語言文字學家周有光。《曲終人不散》作者。

當時跟他一道搞經濟的同事紛紛中招，開的開除，勞的勞改，他上司和一學生還自殺身亡。

不過明智謹慎的周有光躲過了反右和之後歷次運動，還是沒躲過文革。到了文革，那毛領袖保權保命的弦已繃得太緊，跡近瘋狂，戰友同志都被清光光，宿敵知識份子更是在劫難逃。周有光被打成「反動權威」和「現行反革命」，下放到寧夏的五七幹校勞改。組織上要張允和一起去，但夫妻倆一商量，覺得張允和最好不要去。還好她是家庭婦女，可以裝傻充愣。但家被抄得傷心慘目呆不得了。兒子兒媳也被下放到湖北勞改。張允和就帶著孫子逃到親戚家借住。周有光工資被停發，存款被封，她沒了經濟來源，只好四處借錢度日。

一家人分為三處，然而人散心不散，齊心合力，風雨同舟，終於有驚無險地都活下來了。周有光從寧夏回京已年近七十，國務院把他們這群高級知識份子叫去訓話，說「你們這些人都是『社會渣滓』，沒有用處的，我們是人道主義，所以給你們一口飯吃。都回家吧。沒有工作。」

他於是變成「專家專家，專門在家」。還好家中有知書識禮的老伴，兩人相知相扶，閉門讀書寫作。他的主要著述都是七十歲之後完成的。

黃宗英的幹校回憶

讀了許多講回憶五七幹校文字，其中最有名的當然是楊絳的《幹校六記》，然而要數最動人的，當數黃宗英的〈我在五七幹校的日子〉。真令我對她刮目相看，人到暮年，傾注真情寫真實生活，完全不是她那些政治挂帥的報告文學作品所能比擬。

當時她去的是上海作協奉賢幹校，「同學」中著名的「牛鬼蛇神」一大幫：巴金、王元化、王西彥、李子雲、吳強……黃宗英在裡面年紀不老也不青，四十出頭；身份不黑也不紅，丈夫趙丹雖然正坐大牢，誰都知道是怎麼回事，便也沒對她窮追猛打。所以她的身份介於牛鬼蛇神和革命群眾之間。即是說不用像牛鬼蛇神一樣形同囚犯，但也只能老老實實不許亂說亂動。有一次出門買菜種遲到了一會，就被工宣隊長一頓臭罵：「黃宗英儂膽子越來越大了！居然敢遲到，儂翻了天啦，儂想想儂是啥人……」

這種介於人鬼之中的身份讓她煉成一種本領：對任何人都面無表情。「路上老遠看到熟人，擔心他不敢理我，我馬上瞳孔散開，目光呆滯，徑直而過。遇事既不能哭，更不能笑。一個笑容就會構成罪狀。」

不過比起牛鬼蛇神來，她的日子還是好過一些，有時可以請假回家，還可買些腐乳之類的醬菜改善伙食，或把食堂扔掉的莧菜老梗撿來，一根一根撕去皮，腌起來吃。

牛鬼蛇神們則被管得牢牢的，除了管教幹部，還有身邊無數「群眾雪亮的眼睛」監視著。巴金把一本西班牙文小書藏在被子裡，夜裡打手電偷看，就被人揭發。驚動軍宣隊夜半衝進工棚突擊檢查，把它搜查出來。他妻子蕭珊得了癌症也不準他回去照看。

王元化那時是將近知天命之年吧，文弱書生，也得頂著烈日打赤膊挑糞桶，「晒得像奧賽羅一樣」。最可怕的是動輒得咎，一不小心就被批鬥。以致反「五一六」運動一來，他在反胡風運動中患上的精神分裂症又發作了，非說自己是「五一六」份子不可，陷入昏亂中，要派人輪班把他守住。

詩人聞捷就更慘了，因為私自去鎮上買了副大餅油條吃，就被開專場批鬥大會。後來更因和看管他的「革命小將」戴厚英戀愛，被批為「向無產階級發動猖狂攻擊」，他不堪重壓，自殺身亡。死了還開他的批鬥大會，說是自絕於黨和人民，死有餘辜。

所有這一切，黃宗英皆以一種輕描淡寫、心平氣和的口氣寫出來。比如寫到她窮到連寫交代材料的紙也沒錢買，是因為她和趙丹及四個孩子每人每月都只發十五元生活費，而：「趙丹在獄中需交二十五元一月，不足的十元，從家裡我和四個孩子身上各扣二元。雖然保姆沒工資也需生活，平均 5 乘 13 除 6 等於 10.8 元，再除去學雜費、水電費、針頭綫腦，用在果腹上的錢每人不能超過九元。」

我一向只聽說槍斃反革命要她家屬出子彈費，還沒聽說過坐牢要家屬出坐牢費。想想看，苦主不是別人，是一代男神趙丹呀！

這樣，看到最後，當她寫到「每天一睜開眼睛，就感到一種無法言傳的悲哀和無奈：我幹嘛又醒了？為甚麼不這麼永遠地睡下去，永遠不醒，永遠不再看到自己身處這樣一個世界，這樣一種境地。我也不願看到許許多多人是那麼可憐無望，我真是但願長睡不願醒。」

這跟蕭乾〈文革回憶〉中寫他當牛鬼蛇神失去自由的那幾年，一上廁所就觀察哪裡適宜於上吊，真有異曲同工之妙。

田漢之死

偶讀黃仁宇回憶〈義勇軍進行曲〉、即今〈中華人民共和國國歌〉詞作者田漢的文字，感慨系之。

黃仁宇抗日戰爭時因與田漢長子田海男是軍校同窗好友而結識田漢，並與田海男一起得其關照，成為國民黨抗日名將闕漢騫、鄭洞國麾下將士，赴滇緬戰場作戰。當時身為共產黨員的田漢，由黨組織安排進入國共合作之國民政府作抗戰宣傳工作，官拜少將。

大約就在那段時間，田漢寫出了〈義勇軍進行曲〉。當日，看著身邊無數抗日健兒（包括他自己的愛子）唱著這首歌走上抗日戰場，他大概作夢也沒有想到，這首歌的命運會那樣坎坷，自己的命運則更坎坷，會被自己的黨冠之以「叛徒」、「特務」、「內奸」等等駭人聽聞的帽子死於非命。

我得知田漢慘死消息是在七十年代初，來報告者是我二舅，他與田漢曲折沾了點親，他的內姑丈歐陽予倩跟田漢是兒女親家，田海男娶了歐陽予倩的獨生女為妻。那日二舅一來就叫我媽檢查門窗是否關緊，然後將嘴巴湊到我媽耳邊低聲道：「田老大死了。」

那時我們已得知田漢被打成反黨反社會主義分子遭到批鬥。國歌也變成反動歌曲，為〈東方紅〉所取代。但二舅傳來的消息仍令我們驚愕，我媽第一反應是：「那麼武高武大的人都被他們整死啦？」

她是見到過田漢的。也見過他那位守寡將他養大的老媽，連忙問：「那田老太太怎樣了？」

二舅搖頭嘆息：「不知道。唉，我以為只有我們悖時，哪裡曉得他們自己的人比我們更悖時？」

我們後來知道，田漢死得很慘。比老舍、吳晗更慘。據說他臨死前只求能見老母一面，而他寫在紙上的最後文字則是「認罪書」，自己誣陷自己「不明道德，陷害良善，魚肉百姓」。參考如今那些在電視裡認罪、逃出國門便翻供者之情形，我覺得他的名作《關漢卿》裡那句台詞才是他臨終的真正心聲：「將碧血，寫忠烈，化厲鬼，除逆賊。」他一定痛感自己比竇娥死得還冤吧！

但也許我想錯了，死都搞不清狀況的冤死鬼大有人在。身為歷史學家的黃仁宇，親歷國共長春之戰，跟王鼎鈞一樣被林彪以餓殺長春市民取勝的戰術嚇壞，頭也不回地逃出了大陸，可他後來回國後也會為統戰宣傳蠱惑，思維混亂，竟將毛澤東與華盛頓相提並論，更別說忠誠共產黨員田漢了。五十年代，當田漢獲悉黃仁宇流亡到了美國，還托黃的妹妹轉告對其處境「甚感憂慮」，希望黃回歸大陸。我想當時身居高官位置的田漢，一定想不到自己才是應當被擔憂的那一位吧？

我讀白修德、費正清這些親共美國學者著作，也常陷於迷惑：是的呀，民主制度也有很

田漢（1898 - 1968），話劇作家，戲曲作家，電影劇本作家，最著名作品為《義勇軍進行曲》，後成為中華人民共和國國歌。

多缺陷甚至黑暗面，而中共政權似乎正在「國富民強」。黃仁宇晚年之所以有那番議論，不就是受到他被美國大學無情炒魷而被中國大陸熱情統戰的影響嗎？我讀了黃仁宇的田漢回憶以後，又找了些田漢之死的有關資料看，並把白修德、費正清回憶錄重讀一遍，有所感悟。

白修德與費正清回憶都提到五十年代初麥卡錫主義肆虐美國時他們遭受的迫害，可即便是在那種非常時期，他們也還得到公開申辯的權利，甚至在堅持自己立場的情況下，也沒有遭到關押，照幹自己想幹的事，照說自己想說的話。最多只是暫時吊銷護照而已。

反觀死於中國大陸下的無數文化精英、甚至中共大小官吏們的遭遇，他們一旦被打成反黨份子，就立即失去包括生存權在內的任何人權，豬狗不如，被「打翻在地，再踏上一隻腳」，別說申辯了，低頭認罪往往也只有死路一條。更可怕的是家人親友遭到株連。田漢的次子被告知父親已死，竟不敢去收屍，以至這位國歌作者的骨灰盒裡沒有骨灰，只有他生前用過的一支鋼筆和一副眼鏡。不過比起死無葬身之地的副統帥林彪，他還算幸運，而比起慘死監獄的國家主席劉少奇，田漢的待遇也稍勝一籌，死後至少還通知了家人。

這就是民主體制與極權體制的根本區別：民主體制有法治，保障人民有言論自由和思想自由，政府要受人民、亦即媒體和與論監控；極權體制只有人治，人民要受政府、往往即是獨裁者的監控。在極權體制下沒有人是安全的，只要他們給你扣上一頂反黨帽子，分分鐘可以叫你消失。這也是中共高官富賈們一邊咒罵「美帝」一邊爭先恐後把家人、財產甚至自己往美帝那邊送的原因所在。

《龔楚將軍回憶錄》

龔楚其名，今日或已被人遺忘。可在上個世紀二、三十年代的中國，這名字在國民黨剿匪通緝告示上，名列第三，排在他前面的僅有朱德和毛澤東，而其價位跟朱、毛一樣，也是活捉兩萬大洋，擊斃一萬，報訊五千。後來他脫離紅軍，被稱為「紅軍第一叛將」。他晚年隱居在香港新界，寫了本回憶錄《我與紅軍》，後來擴充為《龔楚將軍回憶錄》。

中共脫黨者的回憶錄我讀過好幾本，張國燾《我的回憶》、王凡西《雙山回憶錄》、《鄭超麟回憶錄》等，但要說敘述平實，內容真切，當屬龔楚的這一本。畢竟是紅軍的締造者之一，親歷了「中央蘇區」從建立到崩潰的全過程。其中講到土地革命和內部大清洗的血腥殘暴，令人髮指，不忍卒讀。顯然，赤柬波爾布特們後來在柬埔寨之所為，就是從老大哥那裡學來的。

我感觸特深的是，龔楚回憶從另一角度證實了毛澤東農民運動的實質——痞子運動。本是抱著建設共產主義新社會理想的書生龔楚，在蘇維埃革命中發現，真正的中國農民「在數千年來的文化熏陶下，大家都是愛和平、重道德、敬業樂業、樂天知命的，對於大陸激烈鬥爭政策，並不感興趣。只有地方上一幫遊手好閒的流氓地痞，歡迎中共『打土豪，分田地』政策。」於是這幫雞鳴狗盜好吃懶作之徒，便成為革命積極分子，紛紛入黨，成為各級農會領導，在蘇維埃政府鼓動下，以革命的名義幹起打家劫舍殺人越貨的勾當。

這與許多回憶錄中的相關描述相互印證，我手頭上正有的一本《余英時回憶錄》中，便有一節寫到三十年代活躍在他家鄉安徽大別山區的一支紅軍武裝。這支隊伍有數千人之眾。先是叫第二十八軍，後來叫新四軍第四支隊。司令高敬亭是個不務正業的流氓地痞，後來拉起一支隊伍，開始幹起殺人越貨的勾當。他們經常幹的行徑就是「綁票」。其中鬧得動靜最大的一次抓了三百多人，方圓幾十里稍有一口飯吃的人都給抓去，索要共十萬銀元贖金。勒索不遂之後，竟把三百多人一起殺了。

一些老紅軍的回憶錄也從另一角度印證了龔楚的回憶。比如從曾志、吳法宪、丘會作等人的回憶中我們得知，這種抓人質勒索錢糧的「經驗」，其首創者正是毛澤東，為了軍隊的生存和革命最終勝利，這被當成一項意義重大的功績。

而三十年代中央蘇區土地革命的精神，與後來的土改運動正是一脈相承。最早描述這一運動的是一本名叫《翻身》的書，作者是美國人韓丁（William Hinton）。此人一九四八年作為一名援華人士，來到山西「解放區」一個名叫張莊的村落，親歷了當地土改，寫下這本紀實。書中關於土改中堅分子的描述，與龔楚的回憶不謀而合。

「一夜之間共產黨的地下人員忽然成為村裡的統治勢力。」韓丁寫道，「在這群出身貧農的當地年輕人中，最活躍的是個二十歲的文盲青年。名為『公安』。」區幹事兼村主席甚至沒有名字，大家叫他黃狗郭。一名副主席是雇工出身，染有梅毒。另外一名副主席偶爾當當土匪。

「這些人無疑是社會渣滓，」韓丁繼續寫道，「成為張莊歷來最不受人尊敬的村民代表，但卻符合毛澤東痞子運動的精神素質。就是在這幫人領導下，張莊的一半人鬥倒另一半人，分光他們的土地和財物，其中至少六人被活活打死。有的人自殺，還有人被趕出家門，不許攜帶任何食物，最終餓死。而其中最大的地主擁有的土地也不過是二十三畝。」

請注意，韓丁可不是「外來反動勢力」，而是著名的「中國人民好朋友」。親歷這樣血腥的運動，他雖感震撼，但終歸認同了中共的理論：要把舊中國改造成新中國，長痛不如短痛。為結束長期的痛苦，可以容許短期的殘暴。

可是這卻只是歷時至少三十年的一連串政治運動的開始，而僅僅在土改這一場運動中，就有三百萬到五百萬的人喪生。他們大多是中小地主，其中大多數人是被活活打死。遭到他們牽連的子女亦從此墮入地獄。

中國鄉村精英就此消滅，而維繫了數千年的中華傳統道德於焉徹底崩潰。共產主義天堂是甚麼樣，我們至今沒有看到，地獄是甚麼樣，大多在中國大陸生活過的人都見識到了。

龔楚比國人更早見識到，所以他選擇了逃離。逃離時他留下信說：出走的理由是看到中共已不是一個為廣大人民謀幸福的政黨了。再幹下去對不起國家和人民，也對不起自己的良心。

《回憶錄》到此為止。關於他出走之後的經歷，書中未置一詞。怪的是，中共對他不像對其他叛逃者那樣恨之入骨，必欲除之而後快。相反，四九年他已經落到中共手裡了。當年和他一道發動南昌起義、時任廣東省長的葉劍英給他寫了張字條，讓他取道香港去海南向薛岳勸和，這等於是放他一條生路。果然，龔楚便滯留在香港不動了。據說葉劍英還不時派人來看他，陳毅、楊尚昆看了他的回憶錄，私下承認內容基本屬實。一九九零年他甚至得以回廣東老家頤養天年。當年和他一起發動百色起義的戰友鄧小平得知後，還邀他赴京到人大或政協任職，被他一口拒絕，正如五十年代他拒絕蔣介石要他去台灣組織「反共救國軍」。這位半世彷徨於國共之間尋找一條出路——個人的出路和中國的出路——的人，後半世堅決跟政治絕緣。

後記——

讀書也是一種戀愛行爲

瑪格麗特・杜拉斯（Marguerite Duras，臺譯：瑪格麗特・莒哈絲）談到寫作時說過：「當我寫作時，我在戀愛。寫作，是一種戀愛行為。」我要說，對於我來說，讀書更象是一種戀愛行為。

愛侶們情到濃時一日不見如隔三秋，恨不得時時刻刻粘在一起，這跟我對書的感情一樣，一日不讀書就心緒不寧，感覺這一天虛度了。讀到一本好書時更是放不下，非一口氣把它讀完才能安睡。要是實在太厚了讀不完，我就把書翻到最後一頁讀完它，等明天從結尾往前讀。

而且，愛情往往會淡化，愛人往往會變心，書卻不會，它們是你最忠實可靠的朋友，永遠在那裏，在你孤獨時給你作伴，在你愁悶時幫你解憂，在你絕望時給你希望。這幾年我飽受坐骨神經痛之苦，往往坐立不安度日如年，書成了我最好的止痛藥，找到一本好書的那日，我便知那日會比較容易捱過。

何況，我還有另一戀愛手段——寫作。我把讀書的點滴心得寫下來，放到 facebook ，原只是出自一種傾訴的欲望，就象跟家人晚餐時會把當日瑣事隨意漫談，卻竟然見到一些新知舊雨也登斯樓，不吝點讚、評說、教正，令我病痛俱忘，霍然而生「以星辰書寫我志在天空」的激情。

羅蘭・巴特（Roland Barthes）有本書叫《戀人絮語》，以解構主義手法將戀人們的情話詮釋得無微不至。我想我這本小書也是一種戀人絮語，寫給我愛戀的群書之作者，寫給熱心關注我的眾書友，也寫給常在孤獨與病痛中掙扎的自己。

感謝羅青先生為拙著增光添彩，百忙之中撥冗為拙著作序。感謝眾書友，沒有你們的支持就沒有這本書。感謝二〇四六出版社，再次給了我得到更多讀者的機會。感謝小樺，你是最好的編輯，幫我改的篇題有點石成金之效。當然還有滿滿的感謝給這本書未來的讀者們。

我以星辰書寫看不見的天空——關於自由與黑暗的讀書隨筆

作　　者｜王璞
責任編輯｜鄧小樺
執行編輯｜余旼憙
文字校對｜蔡建成
封面及內文插畫｜柳廣成
封面設計及內文排版｜王氏研創藝術有限公司

出　　版｜二〇四六出版／一八四一出版有限公司
發　　行｜遠足文化事業股份有限公司（讀書共和國出版集團）
社　　長｜沈旭暉
總 編 輯｜鄧小樺
地　　址｜103 臺北市大同區民生西路 404 號 3 樓
郵撥帳號｜19504465 遠足文化事業股份有限公司
電子信箱｜enquiry@the2046.com
Facebook｜2046.press
Instagram｜@2046.press

法律顧問｜華洋法律事務所 蘇文生律師
印　　製｜博客斯彩藝有限公司
出版日期｜2024 年 11 月初版一刷
定　　價｜380 元
I S B N｜978-626-99238-0-9

國家圖書館出版品預行編目 (CIP) 資料

我以星辰書寫看不見的天空：關於自由與黑暗的讀書隨筆 / 王璞作 . -- 初版 . -- 臺北市：二〇四六出版，一八四一出版有限公司出版：遠足文化事業股份有限公司發行，2024.11
面；　公分
ISBN 978-626-99238-0-9(平裝)
855　　　113017196